Harrys Geheimnis

Freundschaft fließt
aus vielen Quellen,
am reinsten aus dem Respekt.

Daniel Defoe

ROBERT TSCHÖP

Harrys Geheimnis

Eine Erzählung

Bibliografische Information der Deutschen Nationalbibliothek:
Die Deutsche Nationalbibliothek verzeichnet diese Publikation
in der Deutschen Nationalbibliografie; detaillierte bibliografische
Daten sind im Internet über http://dnb.dnb.de abrufbar.

© 2019 Robert Tschöp
Satz, Umschlaggestaltung, Herstellung und Verlag:
BoD - Books on Demand, Norderstedt

ISBN: 978-3-7481-7956-6

Mistkerl!, zischte sie.

Vergeblich hatte Jule im Regionalteil der »Sächsischen Nachrichten« hin und her geblättert. Altmann hatte ihre Recherche über den Munitionsfund im Hirschkengrund in Kurort Gohrisch aus dem Druck genommen! Ein Fall, der sie persönlich traf. Es war, als stecke sie geradezu selbst darin. Auf die Schnelle hatte sie nicht einmal herausfinden können, ob die Munition von den Russen stammte, die am 9. Mai 1945 den Ort erreichten, oder ob es sich um Reste der deutschen Wehrmacht handelte.

Mistkerl! Diesmal platzte es laut aus ihr heraus. In einem Zug trank sie den Kaffeepott leer, blickte ein paar Sekunden auf den Tassenboden. Grob faltete sie die Zeitung zusammen und warf sie wütend auf den Fußboden unter den kleinen runden Tisch ihres Balkons. In Gedanken versunken, glitt ihr Blick über die Stadt Königstein hinüber zur gleichnamigen majestätisch thronenden Festung, wanderte rechter Hand abwärts zum Elbbogen. Der schob sich wie ein träges, braunes Band an der Stadt vorbei. Gegenüber der Festung lag auf der anderen Seite des Elbstroms der mit seinen 411 Metern schönste Tafelberg des Elbsandsteingebirges, der Lilienstein. Um ihn wand sich der Fluss in seinem engsten Bogen innerhalb des gesamten Verlaufs vom tschechischen Riesengebirge bis zu seiner Mündung in die Nordsee. Durch die gesamte Sächsische Schweiz, eng verbunden wie siamesische Zwillinge, klebte an ihr die Eisenbahnstrecke von der Grenze in Richtung Dresden.

Mit einem energischen Ruck erhob sie sich. Sie ging ins Badezimmer und fuhr sich vor dem Spiegel mit dem Kamm nachdenklich durch ihr langes rotblondes, leicht gewelltes Haar. Gut eins siebzig war die Siebenunddreißigjährige, schlank, hatte ein ovales

Gesicht, in dem die schmalen Lippen zu ihren auf den ersten Blick mild dreinschauenden Augen passten. Wer ihr genauer ins Gesicht sah, war allerdings alsbald von den klaren blauen Augen, die nie still zu stehen schienen, überrascht. Jule wusste um diese natürliche positive Ausstrahlung. Und sie hatte sie im Laufe der Jahre immer effektiver zum Selbstschutz zu nutzen gelernt.

Gedankenverloren verließ sie die Wohnung, setzte sich in ihren dunkelblauen Renault und gab Gas. Allmählich gewann sie ihren Seelenfrieden wieder, während sie den Festungsberg hinauf fuhr. Oben angekommen, nahm sie den Fuß vom Gaspedal, öffnete die Seitenfenster und ließ sich ihr Gesicht vom lauen Fahrtwind sanft streicheln. Beim Gedanken, jetzt in einem Cabrio zu sitzen, huschte ein Lächeln über ihr Gesicht. Spontan bog sie von der Bundesstraße 172 ab, ließ die Festung im Rücken und steuerte Richtung Thürmsdorf zu. Sie genoss das sanfte Auf und Ab der schmalen Straße, die durch kleine, dunkle Fichtenwäldchen führte. Aus dem Handschuhfach fingerte sie sich eine Zigarette. Sie griff zum Radio, drehte den Tonknopf weit auf und war versucht, laut mitzusingen. Oberhalb der Ortschaft Struppen schaltete sie das Radio wieder aus und trat aufs Gaspedal. Pirna war in Sichtweite. Es war Anfang Mai, und die Sonne warf all ihre Kraft und Wärme vom ungetrübten Himmel. Vorbei an knallgelben Rapsfeldern fuhr sie der Stadt entgegen. Die Obstbäume rechts und links hatten sich ein sauberes, grünes Kleid übergeworfen.

Zehn Minuten später stand Jule vor der Haustür ihrer Mutter in Pirna, Ortsteil Sonnenstein.

Jule betrat die Wohnung. Im Kühlschrank griff sie nach einer Flasche Wasser, ging auf den Balkon und setzte sich in einen der weißen Plastik-Stühle neben dem Campingtisch. Um die Größe dieses Balkons beneidete sie ihre Mutter. So breit wie das gesamte Wohnzimmer war er, gute vier Meter, und knapp zwei Meter tief. Zu Mutters Sechzigstem vor einem Jahr hatten elf Personen bequem Platz gefunden. Nach kurzem Zögern stand sie wieder auf, leerte den übervollen Aschenbecher im Abfalleimer, den ein unkenntlich zerkratztes Abziehbild zierte. Dann kehrte sie zurück und zündete sich eine Zigarette an, sog den Rauch tief ein und blies ihn langsam aus. Jule liebte diese Aussicht über die Altstadt von Pirna. Rechts der Kirchturm der gotischen Marienkirche, links das Rathaus aus der Renaissancezeit und dann der weite Blick zum Horizont bis weit hinein ins Dresdener Elbtal. Mitte des achtzehnten Jahrhunderts hatte der italienische Vedutenmaler, der Königliche Hofmaler Bernardo Belotto, genannt Canaletto, vom Sächsischen Hof den Auftrag erhalten, eine Stadtansicht von Pirna zu malen, einschließlich der Landesfestung Sonnenstein. Sechseinhalb mal dreieinhalb Meter groß wurde das Bild »Marktplatz zu Pirna«, dessen Betrachtung zu Jules selbst auferlegter Pflicht gehörte, wenn sie in der Sempergalerie in Dresden die Gemälde Alter Meister bewunderte.

Nach dem Abitur wollte Jule ihren Berufswunsch aus Kindertagen, Tierärztin zu werden, verwirklichen. Ein Fehler, wie sie sich eingestehen musste. Unmittelbar nach der sogenannten Wende hatte sie das ungeliebte Studium in Jena abgebrochen und sich stattdessen ein halbes Jahr später an der Leipziger Universität eingeschrieben. Um das Journalistik-Studium finanzieren zu können, arbeitete sie als Volontärin. Voll Eifer hatte sie sich in das Studium gekniet. Wurde sie später auf diese Zeit angesprochen, zeigte sich auf der Stelle in ihren Augen ein unübersehbares Leuchten, und sie beteuerte, dass jene Jahre die mit Abstand schönsten ihres Lebens gewesen seien. Ja, Jule hatte ihren Beruf gefunden. Zum Glück, das der Mensch im Leben hin und wieder braucht, hatte sie ein ausgezeichnetes Uni-Zeugnis vorgelegt. Eine einzige Bewerbung hatte sie abgeschickt. Nach Dresden an die »Sächsischen Nachrichten«. Den Gedanken an eine mögliche Ablehnung hatte sie gar nicht erst in ihren Kopf gelassen. Es hatte tatsächlich geklappt: Glück und Können hatten zusammengefunden.

Ihr prägnantes journalistisches Denken- und Schreibenkönnen war ihr offensichtlich in die Wiege gelegt. Kein Wunder, dass ihr erster Chef-Redakteur, Bertram Blume, ihr bald sogenannte heikle Themen anvertraute. Ihre erfolgreichen Recherchen hatten ihn überzeugt. So war es Jule in kurzer Zeit gelungen, im Fall des Bürgermeisters von Bad Schandau dessen Machenschaften aufzudecken. Mit Intuition und Geschick hatte sie den durch immer neue Fakten in die Enge getrieben, bis sich das Veruntreuen von Geldern der Kommune in einem höheren fünfstelligen Betrag nicht mehr leugnen ließ. Dabei hatte ihr das Herumwühlen, das Aufspüren von Informationen anfangs gewaltige Bauchschmerzen bereitet. Zweifel, Skrupel hatten sie geplagt. Nicht zuletzt hatte sie es Blume zu verdanken, dass sie auch diese schmutzige Seite – wie Blume sie selbst bezeichnete – zu akzeptieren lernte. Erheblich schwieriger war es für sie gewesen, sich gegen die männliche Konkurrenz in der Redaktion zu behaupten. Blume scherte sich einen Dreck um die abfälligen Kommentare seiner Mitarbeiter. In seinen Augen leistete Jule eine vorzügliche Arbeit. Nur das zählte für ihn. Dabei sei es ihm scheißegal, wie er einmal laut herausschrie, dass sie eine Frau sei. Ein Lob, das ihr mehr schaden als helfen sollte.

Jule brauchte lange Zeit, um mit der zunehmenden Distanzierung ihrer Kollegen fertig zu werden. Vielleicht, so hatte sie sinniert, wäre es sogar besser für sie gewesen, würde sie ruhiger leben, wenn sie Schriftstellerin geworden wäre. Dann ließe sich alles leichter von der Seele schreiben. So war sie in sich gegangen, hatte in vielen schlaflosen Nächten mit sich gerungen und war schließlich zu der Erkenntnis gelangt, dass Absicht und Wirkung zwischen einem Roman einerseits und unmittelbare, aktuelle Berichterstattung andererseits zwei vollkommen unterschiedliche Paar Schuhe seien. Nein, Jule wollte Journalistin bleiben. Eine, die sich mit Haut und Haaren diesem Beruf verschrieben hatte. Denn – das war ihr bewusst – wollte sie von ihren Kollegen ernst genommen und voll akzeptiert werden, dann nur, wenn sie ihre Aufgaben mit aller Konsequenz erledigte.

Zu ihrem Leidwesen war Blume zwei Jahre nach Beginn ihrer Arbeit in der Redaktion in den Ruhestand gegangen. Jürgen Altmann wurde sein Nachfolger. Der hatte eine Zeit lang gebraucht, bevor er mit Jule warm wurde. Die Nähe indes, die sie zu Blume hatte, war ausgeblieben.

Altmann war etwas mehr als zehn Jahre älter als sie. Schon von Beginn an ließ er keinen Zweifel daran, dass er einen anderen Stil als sein Vorgänger bevorzugte: Blume, der Bedachte, Altmann der Dynamische. Wenn er etwas entschieden hatte, dann war es entschieden. Punktum. Etwas unerwartet Gutes hatte der Personalwechsel jedoch für Jule gebracht – die Mitarbeiter waren von nun an mehr mit sich beschäftigt, statt nach Gemeinheiten zu suchen, wie sie ihre Mitarbeiterin mobben könnten.

Königstein mit Elbe und Festung

Um so unverständlicher, um so ärgerlicher der Rückzug Altmanns jetzt, der doch sonst immer auf brisante Themen geradezu versessen war. Jule konnte einfach nicht begreifen, weshalb ihr Artikel – trotz seiner zunächst ausdrücklichen Zustimmung – nicht erschienen war. Schließlich war sie sich sicher: Altmann musste ihn aus persönlichen Gründen verhindert haben. Jule hatte, wenn auch unbeabsichtigt, bemerkt, dass Altmann und der Ortsbürgermeister von Gohrisch, Hille, sich gut kennen mussten. Die Herzlichkeit, mit der sich die beiden jedesmal in der Redaktion begrüßten, war ihr nicht entgangen. Jule war klug genug, um zu verstehen – Altmann wollte seinem Duzfreund Hille den Rücken freihalten. Natürlich war es einleuchtend, dass der Ortsbürgermeister bestrebt war, diesen Vorfall möglichst geheim zu halten. Das fehlte noch! Ein Kurort und eine Munitionsdeponie aus dem Zweiten Weltkrieg. Keine Frage – eine Veröffentlichung würde den so notwendigen Tourismus gefährden. Nach der Wende war er gänzlich zusammengebrochen. Erst nach und nach kamen die Gäste wieder. Um Urlauber anzulocken, hatten die Vermieter viel Geld in die Zimmer investiert und diese modernisiert. Der einstige DDR-Standart genügte nicht mehr. Ihre Hoffnungen waren nicht vergebens gewesen. Die Urlauber suchten den landschaftlich so reizvollen Kurort wieder auf. Das »Zubrot« konnten die Einheimischen gut gebrauchen. Meist waren Schulden und Kredite abzuzahlen. Daher würde eine detaillierte Zeitungsmeldung von einem Munitionsfund unter den Gästen zum unliebsamen Gesprächsthema werden. Ein nicht auszudenkender Imageschaden für den Kurort!

Andererseits sah Jule es als ihre journalistische Pflicht an, der Sache auf den Grund zu gehen, die Sache an die Öffentlichkeit zu bringen. Genau so, wie es ihr Chef normalerweise erwartete.

So kämpften zwei Dinge in Jule einen erbitternden Kampf – ihr journalistisches Verlangen, ihr Pflichtbewusstsein einerseits und ihre persönliche Beziehung zu Gohrisch andererseits. Mittlerweile kannte Altmann seine Kollegin genau. Er wusste, dass er sich keine Sorgen zu machen brauchte. Jule würde letztlich kuschen.

Schon 1869 waren die ersten Sommergäste durch Adelbert Hauffe nach Gohrisch gekommen. Bald hatte sich bis ins 35 Kilometer entfernte Dresden die exquisite Lage dieses Ortes im Elbsandsteingebirge herumgesprochen. Selbst der Königliche Kammermusiker Arno Kabisius war mit Gemahlin und den zwei Kindern beim Stellmacher J. Ch. Henke dort zu Gast gewesen. Heißt es.

Kurort Gohrisch – inmitten bizarrer Bergwelt, in nebelfreier Höhenlage mit seinem schönen Schwimm- und Luftbad. Ein Werbeslogan aus dem Bahn-Kursbuch der siebziger Jahre.

In Jules Gesicht zeigte sich jedes Mal ein leichtes Schmunzeln, wenn ihr dieser Spruch einfiel. Und nun, was war geblieben nach dem Zerfall der DDR von der Euphorie, der Hoffnung? Was war übrig geblieben von dem Vertrauen gegenüber den Äußerungen eines Mannes, der einst in Dresden »blühende Landschaften« für diesen Teil des künftig vereinten Deutschlands versprochen hatte? Jule hatte sie in den Folgejahren selbst erlebt, die aufkommende Korruption und auch die Negation der Vergangenheit. Andererseits, waren ihre Gedanken, was wäre aus dem Land DDR ohne die Wende geworden? Historisch einmalige Kostbarkeiten in nahezu allen Städten wären bewusst dem Verfall für immer preisgegeben worden. Ruinen wären übrig geblieben, wären entsorgt worden. Um Platz zu schaffen für einförmige, langweilige Betonklötze. Die Farbe Grau hätte landauf, landab dominiert. Die Silhouetten der Städte wären beliebig austauschbar geworden. Nein, architektonisch gesehen, war in den letzten zwanzig Jahren Unvorstellbares geleistet worden. Nicht nur in all den Städten wie Pirna, Zittau, Dresden, Meißen, Erfurt, Leipzig – deren Namen übers ganze Land verteilt, ließen sich beliebig fortsetzen – hatte das Herz wieder zu schlagen begonnen.

Mit dem äußeren Anstrich ging es zügig voran. Was mehr oder weniger bewusst übergangen wurde, waren die inneren, die menschlichen Anstriche. Ein Gespenst ging um: die Treuhand. Betriebe, veraltet, unrentabel, wahre Dreckschleudern – sie alle wurden »abgewickelt«. Gewiss hätte der eine oder andere Betrieb – wenn es denn überhaupt gewollt wäre – durch sofortige Geldspritzen erhalten werden können. Aber da war er mit einem Male da, der kapitalistische Konkurrenzkampf. Das hatte man sich bei den »Deutschland einig Vaterland!«-Rufen nicht vorstellen können. Inzwischen waren die Jahre des Enttäuschtseins, die Jahre der Skeptiker vorüber. Die Treuhand, so verhasst sie auch war, hatte letzten Endes durch eine ungeheuer schmerzhafte Operation am nicht betäubten Körper einen bösartigen Tumor entfernt. Ob es unvermeidbar gewesen war, dass dabei auch unnötig große, gesunde Stücke mit heraus geschnitten worden waren? Was ungleich stärker schmerzte als das »Abwickeln« der Betriebe, war das »Abwickeln« der Menschen. Nicht nur, dass diese ihre Arbeit verloren, sondern Herz und Gesicht hatten sie verloren. Überflüssig kamen sie sich vor. Unbrauchbar.

Ohne Arbeit keine Zukunft. Um Geld zu verdienen, um leben zu können, setze sich die Jugend in Scharen in die alten Bundesländer ab. Gab es solch ein fatales Ausbluten nicht schon einmal vor dem 13. August 1961? Die Motive waren gewiss nicht die gleichen. Sie ähnelten denen zumindest. Das Resultat diesmal: Viele Dörfer, selbst kleinere Städte vergreisten.

Trotzdem – hatte der Mann mit den Visionen seinerzeit nicht doch Recht behalten?

Jule gab zu, anfangs auch enttäuscht, ja verbittert gewesen zu sein. Nun aber war »man« Teil des vereinten Deutschlands, und der anfängliche Frust war bei ihr über zögerliche Hoffnung in tiefe Genugtuung übergegangen. Wenngleich sie persönlich damit zu leben hatte, dass sie als Frau, als Journalistin, weniger verdiente als ihre männlichen Kollegen.

Gegen elf kam die Mutter von der Nachtschicht. Sie begrüßten einander, umarmten sich. Mutter klopfte sich auf einem Stuhl das Sitzkissen zurecht und ließ sich erschöpft darauf fallen. Augenblicklich schloss sie die Augen und atmete tief durch. Wärmende Sonnenstrahlen glitten über ihr Gesicht. Blass war sie. Jule blinzelte zu ihr hinüber. Wie kraftlos doch diese einst so vitale Frau geworden war, dachte sie. Als hätte die Last der Jahre alle Energie aus ihr heraus gesaugt. Jule wusste, dass ihre Mutter Ines – seit dem Tod des Vaters redete sie diese mit ihrem Vornamen an – ihre eigenen Kräfte nicht richtig einzuschätzen wusste oder es nicht wollte. Ruhig atmend saß sie da. Nur sacht hob und senkte sich die flach gewordene Brust unter dem weißen T-Shirt. Ausgestreckt, so lang sie waren, hatte sie die Beine übereinander geschlagen. Seit der Wende trug sie nur noch Levi Strauss & CO. Jeans. Ausschließlich blaue. Heimliche Nostalgie? Jule wusste, Mutter hatte es ihr mehrfach erzählt, dass sie als Sechzehnjährige mal eine solche von einer Großtante, die in Bayern wohnte, in einem Westpaket vorgefunden hatte. Diese Hose hatte sie getragen, bis sie die letzte Reinigung nicht mehr überstanden hatte. Das hatte unglaublich viele Jahre gedauert.

Insgeheim freute es Jule, dass Mutter mit ihren kurz geschnittenen silbergrauen Haar kokettierte. Das Älterwerden sei für sie kein Problem, hatte sie während ihres vergangenen Geburtstags lachend verkündet: Ich feiere jeden meiner Geburtstage mit großer Lust. Es werden hoffentlich noch recht viele werden! Die Jahre, die ich erreicht habe, kann mir niemand mehr wegnehmen. Da müssen andere erst mal hinkommen!

Während der letzten Gedanken hatte sie auch an ihren Mann gedacht.

So müde sie war, einschlafen konnte Ines nicht.

Viele Jahre hatte sie als Krankenschwester im hiesigen Pirnaer Krankenhaus gearbeitet. Vor drei Jahren war sie in das Altenheim in die Dr.-Friedrichs-Höhe gewechselt. Ob dieser Wechsel richtig , ob sie jetzt zufriedener war? Jule hatte sie nie danach gefragt.

Jule war gern bei ihrer Mutter. Nach dem Tod des Vaters im Jahre 1978 lebten sie mehr wie Geschwister zusammen.

Als sie für die Zeitung zu schreiben begann, hatte Jule noch mit Mutter über ihre Arbeit geredet, hatte sie um ihre Meinung gefragt. Das ging nicht gut. Zunehmend waren sie in ihren Ansichten verschiedener Meinung. Bald führte das zu Streit. Heftigem Streit! Schließlich gingen sie sich eine Weile ganz aus dem Weg. Dann besannen sie sich. Es gab nur einen Weg, eine Möglichkeit, sich wieder zu vertragen – sie vereinbarten, künftig das Thema Arbeit nicht mehr zu erwähnen. Seitdem sich beide daran hielten, lief es wieder zwischen ihnen.

Jule wollte Mutter in ihrer Ruhe nicht stören.

Daher war sie überrascht, als Mutter sie halblaut mit noch immer geschlossenen Augen fragte: Na, gibt's was Neues?

Mit dieser allgemeinen Frage konnte Ines nichts falsch machen. Natürlich hatte sie bei ihrem Eintreffen sofort bemerkt, dass ihrer Tochter etwas auf der Seele brannte.

Jule war augenblicklich hellwach, sie umfasste die Stuhllehnen mit beiden Händen und setzte sich aufrecht hin: In Gohrisch hat man im Hirschkengrund Munition aus dem Zweiten Weltkrieg entdeckt. Wie ich erfahren habe, hatte man in den fünfziger Jahren einfach nur eine Fuhre Kies über diese Stelle geschüttet. Nun muss diese Abdeckung im Laufe der Jahre dünner und dünner geworden sein. Jetzt hat dort jemand eine verrostete Handgranate herausgebuddelt. Verstehst du! Eine scharfe Handgranate!

Eine Pause entstand.

Dann fragte Jule direkt: Du kennst doch auch diese Stelle im Hirschkengrund? Ich weiß, alle Älteren im Dorf wissen davon.

Mutters Herz begann heftiger zu schlagen. .

Warum sagst du nichts?, bohrte Jule weiter.

Mutter blieb stumm. Ihre geschlossenen Augenlider zuckten.

Jule hielt es nicht aus: Du bist dort geboren!, herrschte sie sie an. Du hast deine Kindheit dort verbracht. Jetzt schweigst du. Tust, als wüsstest du von nichts. Ich möchte von dir wissen, was sich dort damals abgespielt hat. Alles will, muss ich erfahren. Verstehst du? Alles! Der Ortsbürgermeister Hille weiß Bescheid. Er darf als Bürgermeister keine große Sache daraus machen. Die Leute könnten wegbleiben. Das verstehe ich. Trotzdem. Niemand weiß genau, was und wie viel von dem Zeug da noch lagert. Wie gefährlich das ist, weiß jeder im Dorf. Du auch. Die Polizei hat die Stelle provisorisch abgesperrt. Damals, hab ich mir erzählen lassen, Ende der Fünfziger, da hatte sich ein gewisser Hanno, ein

Sechzehnjähriger, eine Handgranate von dort geholt. Beim Versuch, sie auseinander zu nehmen, ist sie explodiert. Ein Auge hat er eingebüßt. Seitdem lief er mit einer Augenklappe herum. Und die Hand hat es ihm zerfetzt.

Entweder schlief Mutter, oder sie war plötzlich taub geworden. Die Falten zwischen Jules Augen wurden tiefbraun.

Du weißt genau, was das für Teufelszeug ist, was da herumliegt. Das gehört schnellstens entsorgt Und zwar schnell. Es darf nicht so einfach vertuscht werden!

Ines holte tief Luft: Wenn das was mit deiner Arbeit zu tun hat, dann will ich nichts mehr davon hören. Verstehst du? Wir haben eine Abmachung. An die halte ich mich.

Sie sprach langsam und betonte jedes einzelne Wort.

Dann hielt sie inne, griff nach Jules Zigarettenschachtel, brannte sich eine Zigarette an und lehnte sich demonstrativ zurück.

Jule ließ nicht locker. Mutter war für sie die beste Interviewpartnerin, die beste Zeitzeugin. Sie würde dem Artikel die richtige Würze geben. Jule war klar, dass ihr nicht viel Zeit bliebe. Und wäre die Munition erst mal beseitigt, würde sich niemand mehr dafür interessieren.

Ines lächelte ihre Tochter an: Jeder wusste, was da im Hirschkengrund lag! Mit der bloßen Hand brauchtest du an der Stelle nur mal rein zu greifen, und schon hattest du eine Patrone, eine Granate oder einen verrosteten Revolver in der Hand. Wir Kinder standen alle mal an dieser Stelle. Nur den Henning hats eben erwischt. Wir Mädchen waren vorsichtiger. Die Jungen wollten sich beweisen, wollten vor uns angeben. Mut zeigen. Uns imponieren.

Nach kurzem Zögern fügte sie hinzu: So, nun weißt du alles.

Nachdenklich blieb Jule sitzen, als Ines aufstand und in der Wohnung verschwand.

Na, beruhigt?, fragte sie ihre Tochter, als sie zurückkam. Mit einem vielsagendem Lächeln stellte sie das Tablett auf dem Tisch ab. Eierschecke und Kaffee. Es gab nichts Köstlicheres!

Jule machte es sich am Tisch bequem, ließ die Kuchengabel durch die Eierschecke gleiten.

Ich weiß, was du denkst. Jule sah Ines mit festem Blick an. Das Temperament hat das Kind von der Mutter, Ehrgeiz und Sturheit vom Vater. Das denkst du doch! Oder? Wenn das man nicht gefährlich ist.

Jules Gesicht wurde ernst.

Ich meine nur, eine Schweinerei bleibt eine Schweinerei! Und die wollen das vertuschen.

Ines schwieg. Jule musste von ihrem blinden Eifer abgebracht werden. Sie riskierte zu viel.

Sie wusste, dass das Verhältnis zwischen Altmann und Jule von Anfang an angespannt war. Dass der Bürgermeister von Gohrisch indes schon ewig mit Ines vertraut war, wusste Jule nicht.

Hör zu, Tochter, sagte Ines. Sie nippte an der Tasse.

Jule legte die Kuchengabel ab.

Ines begann unvermittelt von einem unglücklichen, einsamen Mann zu erzählen.

Was soll ich damit? fragte Jule, nachdem die Mutter zu Ende war. Lass mich raten. Es geht um einen unglücklichen, einsamen, alten Mann aus deinem Altenheim. Wen interessiert das? Mich jedenfalls nicht!

Ines sah ihre Tochter eine Weile an.

Du bist Journalistin. Eine gute, hab ich bisher gedacht. Du siehst gern hinter die Kulissen. Bravo! Aber wenn du das Schicksal dieses Mannes abtust, als sei ein Schicksal ab einem gewissen Alter nicht mehr interessant, dann schreib doch für …. Ach Gott, dann verbeiß dich eben in deinen dämlichen Munitionsfund!

Minutenstille.

Neuer Anlauf: Ich meine nur, wenn es um diesen Mann geht, der offenbar gebildet ist und beschlossen hat, so zu leben, als sei er bereits tot – meinst du nicht, dass er eines kleinen Artikels würdig wäre? Vielleicht schaffst du es ja, hinter sein Geheimnis zu kommen. Mir ist es jedenfalls nicht gelungen. Übrigens, dieser alte Mann, wie du ihn bezeichnest, wird demnächst fünfundsechzig.

Das war ihr letzter Trumpf.

Im Übrigen, du gehst auch auf die Vierzig zu. Von da an geht's bergab! Und das in einem Tempo, dass dir schwindlig wird.

Jule wurde wütend. Ines freute sich. Sie hatte ins Wespennest getroffen. Ihre Tochter war eitel wie alle Frauen.

Jule sprang auf, fauchte Ines grob an. Auch diese wurde ihrerseits lauter. Um ein Haar hätte sie Ines bei den Schultern gefasst und geschüttelt. In letzter Sekunde besann sie sich und verließ die Wohnung.

Auf der Rückfahrt nahm Jule den kürzeren Weg.

Sie ärgerte sich über sich selbst. Gleich einem Vogel war die Wut auf Ines auf sie selbst zurückgeflogen. Da saß er nun und pickte immer heftiger an ihrem Gewissen. Jule hätte wissen müssen, dass es dumm war, mit Mutter über ihre Arbeit zu reden. Selbst in diesem speziellen Fall, wo sie deren Hilfe, deren Wissen nur allzu gut gebraucht hätte.

Noch etwas anderes ging Jule nicht aus dem Kopf. Die Eindringlichkeit, diese aggressive Art, mit der Ines sie davon abzuhalten versucht hatte, die Gohrisch-Sache weiter zu verfolgen. So hatte sie ihre Mutter noch niemals erlebt.

Schon lange hatte sie solches Kopfweh nicht mehr gehabt.

Zu Hause konnte sie es kaum erwarten, in die Wanne zu steigen. Sie glitt in das warme Wasser, bis das Wasser ihre Unterlippe erreichte. Hinter den geschlossenen Augen ließ sie das Zucken der Blitze gewähren.

Eine gute halbe Stunde später saß sie auf dem Balkon mit einer Flasche Pinot Noir.

Zugezogener Himmel verabschiedete den Maientag. Die Milde war geblieben.

Jule zog an der Zigarette, schnippte die Asche mit dem Zeigefinger in den kristallenen Ascher. So einfach hatte der Tag begonnen. An seinem Ende häuften sich Fragezeichen. Altmann würgte ihren Artikel ab. Mutter rieb sich fast auf, um sie ebenfalls davon abzubringen. Ein alter Mann sollte als Ersatz-Story herhalten. Das alles passte nicht zusammen.

Dazu kam ihr unwürdiger Abgang.

Wieder und wieder knipste sie die Flamme ihres Feuerzeugs an. Blau, Dunkelorange, Weißgelb. Jule starrte die ineinander übergehenden Farben an. Feuer und Flamme sein, ging es ihr durch den Kopf.

Verschlafen trottete Jule zur Balkontür. Ein Frühlingssonntag, wie gemalt, empfing sie, als sie ins Freie trat. Vom blankgeputzten Himmel geblendet, musste sie die Augen zukneifen. Nach und nach kehrte das Leben in ihren Kopf zurück. Gestern Abend … Jule begann den Gedankenfilz zu entwirren. Richtig, Mutter hatte spätabends nochmal angerufen. Soweit sie sich erinnern konnte, hatten sich beide nicht entschuldigt, hatten sich aber zum Schluss eine gute Nacht gewünscht. Worüber hatten sie eigentlich gesprochen? Jules Blick traf die leere Flasche. Verdammter Rotwein, dachte sie.

Zuerst lautlos, dann schnell lauter werdend, schob sich ein Güterzug wie ein langer Wurm auf den zehn Meter hohen Sandsteinbögen entlang der Elbe Richtung Königstein. Das rhythmische Rattern der Eisenräder schallte über die Dächer der Stadt, wurde hineingetragen in das Bielatal. Kaum war der letzte Waggon hinter dem Berghang verschwunden, kehrte augenblicklich Stille ein, war wieder nur das morgendliche Konzert der Vögel zu vernehmen.

Zwanzig Minuten später frühstückte Jule. Inzwischen war wieder so viel Klarheit in ihren Kopf eingezogen, dass sie wusste, was sie Mutter versprochen hatte: Nichts mehr wegen des Munitionsfundes zu unternehmen und – was ihr noch schwerer im Magen lag – sie hatte nachgegeben in der Sache mit dem alten Mann. Es sah verdammt übel aus für Jule. Sie hatte sich in eine Sackgasse manövriert und fand nicht mehr heraus. Verzweifelt ging sie in die Stube und warf mit verächtlichem Blick die Flasche in den Abfalleimer. Dann schlenderte sie zurück auf den Balkon. Lange schon hatte sie sich nicht mehr so leer gefühlt, war sie sich so hilflos vorgekommen. Niemals hätte sie es für möglich gehalten, dass ihr journalistischer Elan durch diese Kleinigkeiten einen derartigen Knacks bekommen könnte.

Das Geräusch einer Fahrradklingel schreckte sie auf. Ulla, ihre beste und einzige Freundin, einen halben Kopf kleiner als sie, kam winkend und lachend angefahren. Längere Zeit hatten sie sich nicht gesehen, hatten nichts voneinander gehört. Und das, obschon sie in derselben Kleinstadt wohnten. Jule wusste nicht so recht, ob sie froh über diese Ablenkung sein sollte.

Während ihrer gemeinsamen Schulzeit in Königstein waren sie zehn Jahre lang Banknachbarinnen gewesen. Auch als sich danach ihre Wege trennten, war ihre Freundschaft so fest ineinander verwachsen, dass sie sich nie ganz aus den Augen verloren hatten. Ulla war nach ihrer Ausbildungszeit Sekretärin in der Königsteiner Papierfabrik geworden. In der Zeit der Wende übernahm die Treuhand die Fabrik. Der Unternehmer Roland Schirmer aus dem baden-württembergischen Göppingen bedeutete die Rettung. Für den symbolischen Wert einer D-Mark hatte er das Werk gekauft. Roland, der jüngere der beiden Söhne des Papierfabrikbesitzers Marcel Schirmer, hatte die günstige Chance erkannt, eine eigene Firma zu führen. Sein älterer Bruder sollte, so legte es die Familien-Hierarchie fest, nach dem Vater die Betriebsleitung im Schwabenland übernehmen. Der damals neunundzwanzigjährige Maschinenbauingenieur brachte trotz seines jungen Alters genügend Erfahrung mit, um aus einer maroden Fabrik eine moderne, leistungsfähige Papierfabrik entstehen zu lassen. Zu den wenigen Angestellten, die er nicht in die Arbeitslosigkeit schicken musste, gehörte die Sekretärin. Nach zwei Jahren verließen die ersten blütenweißen, hochwertigen Papierrollen auf breiten und langen Ladeflächen der Lastkraftwagen das Gelände der Königsteiner »Papierfabrik Roland Schirmer«. Was den Königsteinern auffiel, war, dass das Wasser des kleinen Flüsschens Biela, das in die Elbe einfloss, trotz Papierproduktion klar blieb, dass die Steine im flachen Flussbett nicht mehr von einer roten oder milchiggrauen Brühe verdeckt wurden. In diesen zwei Jahren waren sich Roland Schirmer und seine Sekretärin mittlerweile so nahe gekommen, dass 1994 aus Ursula die Frau Chefin geworden war.

Eine halbe Stunde hatten die Freundinnen auf dem Elberadweg bis zur Bad Schandauer Fähre gebraucht. Sie bezahlten beim beleibten Fährmann mit seiner weißer Kapitänsmütze, in deren Mitte ein abgegriffener, wohl ehemals goldener Anker steckte, und setzten über auf die Stadtseite. Dort schoben sie ihre Fahrräder auf übergroßen, in den Jahren geglätteten blaugrauen Granitsteinen zum Marktplatz, links vorbei an der neoromanischen Kirche St. Johannes, Richtung Kirnitzschtal.

Im Café »Am Stadtpark« fanden sie Platz.

Ulla kam schnell auf den Punkt: Mit dir stimmt was nicht. Los, erzähle!

Jule lehnte sich zurück, überlegte einen Moment: Du hast Recht. Der Teufel ist ausgebrochen, hat mich gepackt und ratlos gemacht.

Reglos hatte die Freundin zugehört, nur hin und wieder am blauweißen Cocktail-Strohhalm gezogen.

Ich versteh dich nicht, sagte sie, nachdem Jule fertig war. Du erwartest von deiner Mutter genauere Informationen, obwohl schon dein erster Artikel nicht gewollt wird, damit du in der Sache noch mehr nachschieben kannst?

Jules Oberkörper straffte sich.

Genau das wollte ich! Dass Altmann seinem alten Freund Hille nicht ans Bein pinkeln möchte, leuchtet mir ein. Aber dass Ines mir abgerungen hat, mich da ganz rauszuhalten, verstehe ich nicht. Dann sagte sie, leiser geworden: Und dazu noch ihr unerklärliches Interesse an dem Heimbewohner. Ich krieg das alles einfach nicht auf die Reihe.

Jule beugte sich vor und sog an ihrem Strohhalm.

Ulla ließ die Freundin in ihrer Gedankenwelt verweilen.

Bald schon legte Jule ihre Hand auf deren Unterarm, sah ihr lachend in die Augen. Wie ausgewechselt forderte sie sie auf, alle Neuigkeiten von sich zu berichten. In diesem Augenblick war es, als ob sich die Sonnenwärme in das Gespräch der beiden Frauen eingeschlichen hätte.

Ulla besaß die beneidenswerte Fähigkeit, wie gedruckt reden zu können; sie sprach langsam und mit wohl geformten Sätzen. Beeindruckt hörte Jule ihrer Freundin zu, erfuhr, wie es den beiden Jungen ging. Dieter, der Ältere, war zwölf, Michael zehn Jahre alt. Dieter besuchte das Gymnasium in Pirna, sein Bruder würde ihm im Herbst folgen. In der Firma stand ebenfalls alles zum Besten. Während Ulla erzählte, schaute Jule hin und wieder in das ovale, stets ein wenig blass wirkende Gesicht, betrachtete die nussbraunen Haare, die sie, seit sich Jule erinnern konnte, als Pferdeschwanz trug. Der Pony überdeckte die hohe Stirn. Darunter lagen zwei wache dunkle Augen, eine Stupsnase und ausgeprägte Lippen, hinter denen beim Sprechen gesunde weiße Zähne zum Vorschein kamen. Zweifelsohne war Ursula die Intelligentere von beiden. Mit Leichtigkeit hätte sie das Abitur geschafft. Nur, die Zukunftspläne ihrer Eltern hatten anders ausgesehen. So hatte Roland Schirmer schon bald erkannt, dass in der Sekretärin Ursula Rühle weitaus mehr steckte. Nun war sie dessen Frau, fungierte als Beraterin – unter anderem bei Verhandlungsgesprächen –, und sie war Mutter von zwei Söhnen. Fast nebenbei fuhr sie Dieter morgens ins Pirnaer Schiller-Gymnasium und holte ihn nach Schulschluss wieder ab. Jule fragte sich, während sie die Freundin reden hörte, wer von ihnen beiden eigentlich die Glücklichere, die Zufriedenere sei. War sie es, die solo geblieben war, um ungebunden eine Karriere anzustreben?

Gefragte Journalistin eines Magazins wollte Jule werden. Im Ausland Reportagen schreiben, an den politischen und wirtschaftlichen Brennpunkten des Weltgeschehens sah sie sich.

Stadtkirche St. Johannis, Bad Schandau

Vielleicht würde sie sich mit einer Machete in der Hand den Weg im Urwald Südamerikas frei schlagen, um zu wirtschaftlichen Brennpunkten des Weltgeschehens sah sie sich. Vielleicht würde sie sich mit einer Machete in der Hand den Weg im Urwald Südamerikas frei schlagen, um zu Eingeborenen zu gelangen? Oder auf Kamelen durch die Weiten der afrikanischen Wüsten trotten, um über das Nomadenleben der Beduinen zu berichten? Solche Vorstellungen und Bilder hatte sie in ihrem naiven, unverbildeten Glauben gehabt. Einem Adler gleich hatte sie sich mit weiten Schwingen in höhere Sphären hinauf gleiten sehen. Und nun war sie Mitarbeiterin einer regionalen Tageszeitung, schrieb vorwiegend für die regionalen Seiten der Stadt Pirna, wurde ihrer Meinung nach völlig zu Unrecht von ihrem Chef unter Wert angesehen, und – was das ganze Bild abrundete – sie wurde gemobbt. Aus dem Traum vom stolzen Adler war ein kleines, unbedeutendes Vögelchen auf dem Boden harter Tatsachen geblieben.

Auch Ullas Weg war gewiss nicht der, den sie freiwillig gegangen war. Ohne Abitur hatte es natürliche Hindernisse für sie gegeben, die ihre vorhandenen geistigen Fähigkeiten brutal eingedämmt hatten. Die Weise aber, wie sie erzählte, dass sie ihrem Mann hilfreich beim Leiten der Firma zur Seite stehen konnte, wie sie so warmherzig von ihrer Familie schwärmte – nein, ihre Zufriedenheit, ihr Glücklichsein – das war so ungemein ehrlich.

Bewunderung oder doch mehr Neid? Jules Herz krampfte sich zusammen. Was hatte ihre Mutter gestern doch so erschreckend deutlich prophezeit? Bald hätte sie ihren Lebenszenit erreicht. Jetzt, bei all diesen Gedanken, wurde ihr erstmals bewusst, dass sie ihr Leben vollkommen falsch angepackt hatte. Das Leben mochte sich lenken lassen, nicht aber das Schicksal. Noch während sie ihrer Freundin lauschte, überlegte sie, ob nicht auch sie verheiratet sein, eine eigene Familie haben könnte?

Ein plötzlicher Windstoß fuhr unter die Tischdecke und klappte sie nach oben. Gerade noch rechtzeitig konnten die beiden nach den Cocktailgläsern greifen.

Schlagartig war Jule zurück in der Wirklichkeit.

Besorgt sah Ulla gen Himmel und meinte: Das gibt noch was. Wir sollten uns auf den Heimweg machen.

Bis kurz nach Mitternacht hatte sich das Gewitter Zeit gelassen. Vorsorglich hatte Jule die Sitzkissen der Stühle und alles Lose vom Balkon geräumt. Dann brach es los und drangsalierte bis in die frühen Morgenstunden mit seinem Gepolter. Typisch heftig eben, wenn es, was selten der Fall war, von Süden her über Gohrisch anrollte. Es setzte sich dann in den Felsen des Elbsandsteingebirges fest und fand offenbar keinen Ausweg. Das Blitzen, Krachen und Grollen verzog sich, nahm neuen Anlauf und kehrte zurück, als wenn es etwas vergessen hätte.

Doch nicht nur deswegen hatte Jule die halbe Nacht wach gelegen. Wirre, wilde Albträume hatten sie gequält; erst in den Morgenstunden hatte tiefer Schlaf sie übermannt.

Unausgeschlafen und lustlos fuhr Jule montagmorgens zur Redaktionsbesprechung nach Dresden. Trotz eingeschalteter Heizung hatte sie im Auto gefroren; grau und trüb wie das Wetter war ihre Stimmungslage.

Gelangweilt hörte sie Altmann zu. Über ihren abgelehnten Gohrisch-Artikel verlor er kein Wort. Dafür sollte Jule wegen eines geplanten Windparks oberhalb des Basteigebietes diffizile Erkundungen einholen. Immerhin lag dieses vorgesehene Energie-Nutzungsareal im geschützten Nationalpark Sächsische Schweiz. Kommunale Interessen und wirtschaftliche, sprich Millionengeschäfte, prallten hier aufeinander. Jule wusste, weshalb er ihr diese Aufgabe übertragen hatte. Normalerweise hätte sie ihre helle Freude daran gehabt, in diesem Morast tief herum zu stochern. So übernahm sie nur halbherzig motiviert den Auftrag. Halbherzig, weil einerseits gekränkt, andererseits, weil sie dem blöden Versprechen ihrer Mutter nachkommen wollte und die Seniorenresidenz besuchen musste. Letzteres versprach zwar nichts, doch als Journalistin besaß sie schließlich eine gewisse

Ehre, der sie sich verpflichtet fühlte. Nie wieder, das hatte sie sich geschworen, würde sie Ines um einen Gefallen bitten. Jule rieb die kaltfeuchten Handteller aneinander. Das stand für sie fest – mit dieser sinnlosen Geschichte würde sie sich nicht lange aufhalten. Insgeheim spekulierte sie darauf, dass der Alte im Heim gar nicht mit ihr reden wollte. Pech gehabt, Ines!

Als Altmann die Besprechung beendet hatte, stand sie auf und schob sich wortlos an ihm vorbei. Nur aus den Augenwinkeln sahen sie einander an, gerade so, als wenn jeder darauf hoffte, nicht von dem anderen angesprochen zu werden. Was sie verwirrte, war sein seltsamer Blick. Wie ein vorüber huschender Schatten war er aufgetaucht und ebenso schnell wieder verschwunden. Dass Altmann ihr zugelächelt haben sollte, war unglaublich, geradezu irreal.

Jule zwang sich, die Situation nüchtern einzuordnen. Vom Chefredakteur hatte sie eine Aufgabe übertragen bekommen. Diese würde sie vorrangig mit der gewohnten Ernsthaftigkeit erledigen.

An ihrem Arbeitsplatz klappte sie ihr Notebook auf.

Die Angaben zum geplanten Windpark, die Altmann Jule auf einem Zettel hatte zukommen lassen, waren mehr als dürftig. Sie wusste, um an brauchbare Tatsachen zu gelangen, bedurfte es einer klaren Strategie. Die Internet-Informationen über bauliche Ausnahmeregelungen in Naturschutzgebieten gaben wenig Konkretes her. Trotzdem druckte sie sie aus. Es half nichts, direkt vor Ort musste sie kompetente Personen finden, Befürworter und Widerständler. Die mit den extremsten Argumenten, die Beharrlichsten, die Unnachgiebigsten musste sie herausfiltern. Nur damit ließe sich eine gute Story aufbauen.

Jule wippte im Computer-Sessel vor und zurück. Dann warf sie entnervt den Deckel des Notebooks zu. Mit einem Ruck ließ sie sich nach hinten an die Lehne des Computer-Stuhls schnellen. Es war zum Verrücktwerden – sie konnte sich in ihre Arbeit vertiefen, so sehr sie wollte, die bösen Grübeleien ließen sich einfach nicht vertreiben; unentwegt kreuzten die Ereignisse der letzten achtundvierzig Stunden beharrlich ihre Gedanken.

Jule fuhr, nein – sie raste nach Pirna. Obwohl es noch immer neblig-trüb war, brauchte sie die Heizung nicht anzustellen. Nicht in ihr Pirnaer Büro fuhr sie. Sie hatte anderes vor. Die Lächerlichkeit, die ganze Absurdität musste aufhören. Sofort! Ihre klare Linie wollte sie wiederfinden.

Jule steuerte das Altenheim an. Da Ines ihren freien Tag hatte, würde sie ungehindert agieren können. Wenn das Interview mit dem Bewohner platzte, wäre das die Lösung. Insgeheim spekulierte sie längst darauf: Er will nicht, also kann ich nicht. Nichts Besseres könnte ihr passieren. Der Weg, der Kopf wäre frei für ihre eigentliche Aufgabe. Kein schlechtes Gewissen mehr, mit dem sich Jule herumplagen müsste. Mit dieser hoffnungsvollen Aussicht besserte sich ihre Laune.

Das Heim war erst Ende der neunziger Jahre als eines einer privaten Kette in ganz Ost-Deutschland in Kurort-Gegenden erbaut worden. »Seniorenresidenz Sonnenschein« – unter diesem Namen wurde gezielt um zahlungskräftige Gäste geworben.

Im Innenhof belegte Jule Mutters Parkplatz. Unerwartet war die Sonne tatsächlich doch noch durchgekommen. Tief und wohlig sog sie die erwärmte Luft ein.

Nur wenige Male war sie hier gewesen. Altenwohnheime wären nicht so ihr Ding, hatte sie einmal Ines gegenüber geäußert. Auch mit der Leiterin, Sibylle Herzog, wusste sie nichts anzufangen.

Im Allgemeinen genügten Jule zwei, drei Blicke, um zu einem – zugegeben – rein gefühlsmäßigen Urteil zu gelangen: Unsympathisch! Dunkle Augen sahen sie an aus einem runden Gesicht. Die glatten schwarzen Haare als Bubikopf geschnitten, schmale, mit kräftigem Rot nachgezeichnete Lippen. Um den dicklichen Hals lag eine Bernsteinkette. Auf Mitte fünfzig schätzte Jule sie, als sie ihr das erste Mal begegnet war. Ines hatte ihr bestätigt, dass sie damit richtig lag.

Durch die weiß lackierte, mit durchsichtigen Glasscheiben versehene schwere Eingangstür trat sie ein.

Überrascht wirkte die Leiterin nicht, als Jule in ihrem Büro auftauchte. Vermutlich hatte die Mutter bereits angedeutet, dass ihre Tochter, die Journalistin, gerne den Eigenbrötler Harry Hartung zu einem Interview bewegen möchte. Schließlich hatte er dem Unternehmen, weil er unverzüglich in diesem Heim unter seinen Bedingungen aufgenommen werden wollte, einen nicht unbeträchtlichen Betrag als eine Art Förderung zugute kommen lassen.

So gab es keinen ersichtlichen Grund, dem Wunsch Jules nicht zu entsprechen. Schließlich hatte Hartung nicht explizit verfügt, keinerlei Besuch zu bekommen.

Die Chefin erhob sich, und sie fuhren mit dem Fahrstuhl in die obere Etage.

Im fensterlosen, matt erleuchteten Gang zwischen den Türen zu den Wohneinheiten streiften Jules Blicke große Reproduktionen von Gauguin, van Gogh und Marc. Farbige Bilder auf weißer Raufasertapete, die froh stimmen sollten. Den eigenwilligen modrigen Geruch vermochten sie nicht zu vertreiben. Wortlos schritt die Leiterin zügig auf das Ende des Flures zu. Knapp eins siebzig musste sie sein. Lächelnd sah Jule auf einen beträchtlich bebenden, breiten Hintern. Derweil ging sie nochmals in ihrem Kopf die Worte durch, mit denen sie sich und ihr Anliegen vorstellen wollte.

Vor der letzten Tür links blieb die Herzog mit einem Ruck stehen und machte auf der Stelle eine Einhundertachtzig-Grad-Wendung. Mit leicht zusammengekniffenen Augen blickte sie Jule scharf an: Glück wünsche ich Ihnen keins. Sie werden's ohnehin nicht haben.

Dann trat sie einen Schritt zur Seite und marschierte im gleichen Tempo zurück.

Mit einem Schlag waren Jules Zweifel wie weggefegt. Nun erst recht, sagte ihr journalistischer Ehrgeiz, jetzt wollte sie diesen Mann kennenlernen. Mochte Ines ihre Gründe haben zu erfahren, was es mit dem Mann auf sich hat, sie hatte jetzt ihre eigenen!

Jule schaute zurück und wartete, bis die Chefin im Fahrstuhl verschwunden war.

Sie stand vor der Tür, sah auf das Namensschild »H. Hartung«.
Zögerlich hob sie die Rechte, wollte anklopfen, hielt inne, als sie
ihren Pulsschlag spürte. Vergeblich wischte sie sich die Innenseiten ihrer Hände an den Hosenbeinen ihrer Oberschenkel trocken.

Lächerlich!, fuhr sie sich selbst an und klopfte mit dem gekrümmten rechten Zeigefinger energisch an die Tür.

Nichts.

Sie wiederholte das Klopfen.

Stille.

Jule sah auf ihre Armbanduhr. Früher Nachmittag. Durchaus
denkbar, dass der Mann Mittagsschlaf hielt.

Zweifelsohne war das heute alles andere als ein Glückstag für
sie.

Schon war sie im Begriff zu gehen, da öffnete sich die Tür.

Gegen das Licht, das von der hinteren Seite her blendete, konnte
sie kaum mehr als die Umrisse eines Mannes erkennen.

Manchmal gibt es Situationen, in denen dauern Sekunden eine
scheinbare Ewigkeit. In einer solchen befand sich Jule soeben. Als
stünde sie gleich einem Schulkind vor dem Lehrer, eine Strafe zu
erwarten, so unwohl fühlte sie sich.

Zum Glück dauerte es tatsächlich nur einen Moment, bis sie
sich wieder gefasst hatte.

Herr Hartung?, fragte sie und nannte sich selbst im gleichen
Augenblick dämlich. Das Namensschild …

Das bin ich. Worum geht's?

Die Basis von Jules Strategie war, so hatte sie festgelegt, dass sie
möglichst nahe an der Wahrheit bleiben wollte. Und die Wahrheit
war, dass sie kaum etwas wusste, weil sie nichts wissen wollte. Zugegeben, diese Situation war für sie nicht gänzlich neu. In diesem
Fall wäre vielleicht ein wenig Andeutungen machen, von irgendetwas gehört zu haben, der beste Einstieg in ein Gespräch.

Hartung machte einen Schritt auf Jule zu, so dass Licht in sein
Gesicht fiel.

Jule starrte ihn an.

Ja, was ist? Was wollen Sie von mir?

Reiß dich zusammen!, befahl sich Jule.

Dann stellte sie sich mit Namen vor, erklärte wie beiläufig, dass er ihre Mutter kennen würde. Beim Nennen ihres eigenen Namens war der Aufgesuchte nachdenklich geworden.

Nach kurzem Zögern trat er zur Seite und gab Jule mit einer Handbewegung zu verstehen, dass sie eintreten dürfe. Als sie vom drei Meter langen Gang in den Wohnschlafraum kam, erschrak sie zutiefst. Ines hatte zwar einiges über den Zustand der Wohnung angedeutet. Aber eine Beschreibung zu hören, ist etwas anderes, als sie direkt in Augenschein zu nehmen.

Kurz schoss ihr ein Gedanke durch den Kopf: Als Kind, so jung sie auch damals gewesen sein mochte, hatte sich ein Schriftzug während eines Besuchs auf der Festung Königstein bei einer Heinrich-Zille-Ausstellung in ihrem Kopf festgesetzt. Über einer unglaublich erbärmlichen nachgestellten Wohnsituation einer Berliner Arbeiterfamilie der zwanziger Jahre war ein Spruchband angebracht worden: Man kann einen Menschen mit einer Wohnung erschlagen wie mit einer Axt.

Jule war in diesem Moment wie erschlagen. Niemals zuvor hatte sie eine derart spartanisch eingerichtete Wohnung gesehen. Keine Decke auf dem kleinen runden Tischchen, der rechts neben der Wand stand. Ohne Sitzkissen die beiden Stühle. Bemerkenswert – das Bett dahinter an der Ecke war immerhin akkurat zusammengelegt. Auf der gegenüberliegenden Seite eine kleine Schrankwand. Leer. Kein Foto, kein Buch, keine Vase. Nichts. An den Wänden kein Bild, kein Kalender. Für den Begriff Zeit galten hier eindeutig andere, eigene, Maßstäbe.

Ausgelegt war der Boden mit dem gleichen dunkelgrünen Nadelfilz wie der Gang draußen. Linker Hand die weiße Tür führte wohl in den sanitären Bereich.

Das Verlangen nach einer Zigarette ließ Jules Hände zittern. Als hätte Hartung ein Gespür für ihre Situation, führte er sie zur offenen Balkontür.

Bitte, sagte er lächelnd, und zeigte auf den Aschenbecher.

Auf einem der beiden Stühle nahm sie Platz.

Danke, sagte sie.

Einen Moment. Ich bin gleich wieder da.

Interessiert sah Jule dem Mann nach. Er hatte etwa ihre Größe, trug einen grauen Rollkragenpullover, dazu hellblaue Jeans. Die weißen Leinenturnschuhe passten zu seinem schlanken Körper. Hätte sie nicht durch Ines gewusst, dass er vierundsechzig war, hätte sie ihn um einiges jünger geschätzt.

Als er verschwunden war, stand sie auf, lehnte sich an die metallene Brüstung. Neugierig blickte sie nach unten, sah auf ein etwa fünfzig Meter breites und gut doppelt so langes Rasenstück, besetzt mit etlichen Obstbäumen. Ein paar Wege, an denen Bänke aufgestellt waren, durchschnitten das Grün. Dahinter schloss sich eine Kleingartenanlage an, die die Motorengeräusche der angrenzenden Krietzschwitzer Straße dämpfen half. Jule kamen erneut die Gedanken, die sie zweifeln ließen: Verdammt, was mache ich hier eigentlich! Auf was lasse ich mich da ein?

Mit einer Zigarre in der Hand kam Hartung zurück und setzte sich an den Tisch. Er kniff ein Stück von der Mundseite ab, nahm ein Streichholz, hielt es vor die vielleicht zwanzig Zentimeter lange Zigarre und zog ein paar Mal daran. Dann warf er das Streichholz in den Aschenbecher.

Wenigstens rauchte er, dachte sie erleichtert.

Jule blickte in ein entspanntes, freundlich dreinschauendes Gesicht. Kurze, vormals gänzlich schwarze, drahtige Haare lagen auf dem Kopf. Mittlerweile waren sie von Silberfäden durchwirkt. Geheimratsecken. Brecht mit siebzig, dachte sie. Ohne Zweifel, so sehr Jule vom Erscheinungsbild der Wohnung schockiert war, so fasziniert war sie gegen ihren Willen vom Aussehen dieses Mannes. Sie musste sich alle Mühe geben, um sich von seinem Anblick zu lösen. Es war ihr unbegreiflich – wie konnte jemand, der so extrem zurückgezogen lebte, eine derartige Zufriedenheit ausstrahlen. Über den dunkelbraunen Augen kräuselten sich dezent gewachsene

Augenbrauen. Passend die fein geformte Nase und ein Mund, der stets ein wenig spöttisch zu lächeln schien. Markant das Kinn, in dessen Mitte eine kleine Spalte ruhte. Schmal die Gesichtsform.

So saß sie Hartung gegenüber, von dem sie fest überzeugt gewesen war, dass auch er, wie sie, kein Interesse an einem verkrampften Gespräch haben würde. Zwei Menschen, die nichts als die Hoffnung miteinander verband, sich möglichst schnell aus dem Wege zu gehen. Und nun musste Jule verschreckt feststellen, dass dieser Mann ganz offensichtlich so gar nicht von einem Betonmantel umgeben war, wie sie es angenommen hatte.

Entschuldigung, möchten Sie ein Glas Wasser?

Ohne eine Antwort abzuwarten, legte Hartung seine Zigarre auf den Rand des Aschenbechers und verschwand abermals durch die Balkontür.

In ihren zahllosen Interviews waren Jule Menschen unterschiedlichster Couleur begegnet. Jedes Mal war sie diejenige gewesen, die etwas aus ihrem Gegenüber herauslocken wollte. Dabei hatte sie eine Art von Lustempfinden verspürt. Selten, dass sie frustriert als Geschlagene vom Platz gegangen war. Und nun musste sie zu ihrer Überraschung feststellen, dass, auch diesmal entgegen ihrer Absicht, ihre Neugier, ihr journalistischer Instinkt Oberwasser bekommen hatte. Ihre Annahme auf beidseitige Ignoranz war verpufft, aus eisigem Sturm war ein laues Lüftchen geworden. Nur, selbst wenn es bloß darum ginge, die Umstände, die Hintergründe der Lebensweise des Harry Hartung zu ergründen, die bestimmt so einiges hergäben – für einen Beitrag in der Tageszeitung, wie Mutter es sich vorstellte, wären diese absolut ungeeignet. In eine Zeitschrift, da hinein wäre eine Reportage, wäre ein Bericht ideal. Fragte sich nur, womit sie beginnen, ihn locken könnte. Sie fand den Schlüssel: Die leere, triste Wohnung. Da musste sie ansetzen.

Um diese ging es. Das sollte, wollte Jule herausfinden.

Ines hatte richtig spekuliert. Wenn ihre Tochter Zutritt zu dieser Wohnung bekäme, würde ihre journalistische Neugier nicht zu stoppen sein.

Hartung kam mit zwei schlichten Gläsern Wasser zurück.

Bitte, sagte er lächelnd, und schob ihr ein Glas zu.

Jule nahm einen Schluck und zündete sich eine Zigarette an.

Wie sie es immer bei Interviews tat, schaute sie ihrem Gegenüber direkt in die Augen: Wie lange wohnen Sie schon hier, und wollen Sie wieder umziehen? Als wollte sie diesen provokanten Gedanken unterstreichen, zeigte sie mit einer Hand auf die leere Wohnung.

Eine einfache Frage – und eine, die wie harmlos so nebenbei direkt ins Schwarze treffen musste.

Hartung zog an der Zigarre, das Grau der Asche leuchtete für einen kurzen Moment glutrot auf.

Als hätten ihn die Fragen nicht erreicht, huschte ein unmerkliches Lächeln über sein Gesicht.

Statt zu antworten, stellte er eine Gegenfrage: Weshalb sind Sie Journalistin geworden, und haben Sie damit Ihr Glück gefunden?

Jule war verwirrt.

Sie überlegte, brauchte Zeit zum Nachdenken. Nicht nur, um eine Antwort zu geben. Diese Situation war neu für sie.

Sicherheit und Routine hatte sie sich durch kluges und, wenn es sein musste, durch unerbittliches Fragen anerzogen. Nicht minder stark angewachsen war ihr Journalistenpanzer gegen Pöbeleien bis hin zu persönliche Beleidigungen. Ihr Ziel musste es von Beginn an sein, so hatte es ihr Bertram Blume eingebläut, sich in diesem Beruf niemals in die Defensive treiben, sich niemals eigene Betroffenheit anmerken zu lassen.

Und jetzt?

Jule begriff – auf Hartungs Fragen nicht einzugehen, stattdessen auf den eigenen zu beharren, bedeutete mit Gewissheit, dass sie gleich aufstehen und sich verabschieden konnte. Also hielt sie dem Blick ihres Gegenübers stand und begann zu erzählen.

Ohne sie zu unterbrechen hatte er zugehört. Schön, sagte er, als Jule geendet hatte. Sie haben zwar in ihrem Beruf nicht das erreicht, was Sie ursprünglich angestrebt hatten. Aber immerhin.

Als suche er danach, als fiele es ihm schwer, die richtigen Worte für einen Gedanken zu finden, ergänzte er nach einer kurzen Pause: Sie haben mir vieles berichtet. Nur, ob Sie wirklich glücklich sind, das bleibt für mich unbeantwortet.

Statt Jule zu Wort kommen zu lassen, fügte er hinzu: Entschuldigen Sie bitte. Sie haben Recht, darauf sollten Sie mir auch keine Antwort geben. Das ist ganz allein Ihre Sache. Die Wahrscheinlichkeit wäre zudem sehr groß, dass Ihr Verständnis, glücklich zu leben, sich von dem meinen erheblich unterscheidet.

Jule sah Hartung fragend an.

Dabei stimmte sie ihm zu. Hatte nicht schon der Preußenkönig davon gesprochen, dass jeder nach seiner Fasson glücklich werden sollte? Glück zu empfinden, es zu erleben, war absolut subjektiv. So war Mutters Streben nach Glück ein anderes als ihres, als das Ullas, als das Altmanns …. Ein jeder wählte aus dem Lebenstopf andere Farben, mit denen er sein Glück ausmalte. Schicksal wurde es dann genannt, wenn sie verblassten, die bunten, die schillernden Farben – mal ganz langsam, mal von einem Moment zum nächsten. Dann versuchte man auszubessern, zu korrigieren. Nicht selten wurden gänzlich neue Farbkombinationen zusammengestellt.

Hartung wechselte das Thema: Ihre Mutter kenne ich ja. Ich sehe sie zwar nur selten. Zum Glück, möchte ich fast sagen, hatte schließlich außer einer leichten Erkältung keine anderen Wehwehchen. Andere in diesem Haus bedürfen gewiss öfter, dringender ihrer Hilfe. Gelegentlich habe ich sie beobachtet, wenn sie unten bei schönem Wetter jemanden im Rollstuhl über die Wege schiebt. Eine angenehme Frau, Ihre Mutter, die Ruhe ausstrahlt.

Mit einer gehörigen Portion Scham fiel Jule die letzte Auseinandersetzung mit ihr ein. Sie nahm sich vor, heute nochmal bei ihr vorbeischauen.

Erneut setzte Hartung an: Ihr Vater …?

Jule atmete schwer. Ihr war klar, dass sie, wenn sie an diesen Mann herankommen wollte, dann musste sie ihm erst mal entgegen kommen.

Mein Vater lebt nicht mehr. Als ich knapp sechs war, ist er gestorben. Wir waren im Urlaub an der Ostsee im Drei-Kaiser-Bad Ahlbeck, Insel Usedom. Vater hatte einen bösen Magen, litt an einem Magengeschwür. Er bekam Schmerzen, wurde nach Greifswald ins Krankenhaus transportiert und ist dort verstorben. Magendurchbruch. Ines, meine Mutter, hat mir das alles mal erzählt. Ich hab kaum noch Erinnerungen daran.

Hartung machte einen langen Zug an der Zigarre, die bedenklich weit abgebrannt war.

Haben Sie gar keine Erinnerungen mehr an ihn?

Vor allem an die Angst, die ich vor ihm hatte, erinnere ich mich. Wenn ich ihn vor mir sehe, dann immer in seiner Uniform. Er war Eisenbahner.

Zwischen Hartungs Augen bildete sich eine deutlich sichtbare Falte.

Jule lachte kurz auf. Es war so. Um die fünf muss ich gewesen sein, da bin ich im Winter mal heimlich allein mit meinem Schlitten in Königstein, ich weiß nicht mehr wo genau, einen Weg bergab gefahren. Direkt auf eine Straße zu. Ein Polizist, in Uniform natürlich, hatte mich dabei ertappt und zu Hause abgeliefert. An die Folgen kann ich mich noch erinnern – es war nicht beim bloßen Ausschimpfen geblieben. Zwei Tage lang war meine linke Wange gerötet. Seitdem hatte ich Angst vor Uniformen jeglicher Art. Bis heute übrigens.

Aus Hartungs Schmunzeln wurde leises Lachen.

Bedächtig drückte er den Zigarrenstummel im Aschenbecher aus.

Unausgesprochen war das Gespräch damit beendet.

Beide erhoben sich gleichzeitig.

Die Verabschiedung war kurz. Jule könne jederzeit unangemeldet wiederkommen, sagte Hartung. Empfangszeiten habe er schließlich keine.

Das Wetter war eine Aufforderung für Ines gewesen, sich an diesem freien Tag über die längst fällige Wäsche herzumachen: Waschmaschine füllen. Programm einstellen. Wäsche entnehmen. Hinein in den Trockner. Heraus aus dem Trockner. Aufhängen auf dem Trockengestell auf dem Balkon. Nach vier Maschinen war sie froh, den Wäsche-Rhythmus beenden zu können.

Es klingelte. Jule stand vor der Tür.

Ines war überrascht und erfreut zugleich.

Komm rein!

Jule folgte ins Wohnzimmer.

Möchtest du etwas trinken?

Jule überlegte einen Moment und verneinte dann.

Mutter holte für sich selbst aus der Küche ein Glas Apfelsaft, stellte es auf der Glasplatte des Tisches ab.

Erwartungsvoll setzte sie sich Jule gegenüber, die in einem der beiden bequemen Ledersessel Platz genommen hatte.

Ines nahm einen kleinen Schluck und rutschte an die Rückenlehne der Couch zurück. Sie hatte absolut keine Vorstellung, weshalb ihre Tochter aufgekreuzt war. Ihren Streit letztens hatten die beiden Frauen schließlich telefonisch beigelegt.

Jule murmelte: Ich war bei Hartung.

Kurz und trocken hatte der Satz geklungen.

Mit allem, nur damit hätte Ines nicht gerechnet.

Ruckartig beugte sie sich nach vorn und trank das Glas beinahe halb leer. Tatsächlich verspürte sie eine Art Erleichterung. Genugtuung? Egal. Ihre Rechnung war aufgegangen – Jule hatte angebissen.

Sie war sich sicher, dass sie nun nicht mehr die Finger von dieser Sache lassen würde.

Jule suchte nach Worten, wie sie ihrer Mutter das Gespräch erklären könnte.

Ines sah zu ihrer Tochter, sah, wie es in dieser arbeitete.

Also, wie war dein Besuch?, versuchte sie sie zu ermuntern.

Jule überlegte noch immer. Sie brauchte Zeit, wollte nichts Unüberlegtes sagen.

Muter kam ihr entgegen: Komm, schlug sie vor, lass uns in der Stadt etwas essen gehen. Ich lade dich ein.

Nahe der Elbe parkten sie, keine einhundert Meter neben dem Restaurant »Zum Dampfschiff«.

Jule bestellte »Seezunge mit Dillsauce«, Ines »Gebackene Forelle«. Dazu kamen zwei Schoppen Weißwein.

Während des Essens wurde geschwiegen.

Erst nachdem der Ober die Teller vom Tisch geräumt hatte, wiederholte Mutter die Frage: Und?

Jule musste lächeln.

Nichts.

Ihr habt doch nicht bloß geschwiegen!

Natürlich nicht. Eine knappe Stunde war ich bei ihm.

Mutter zupfte an der Papierserviette. Worüber habt ihr euch denn unterhalten? Ein Mann, wie der. Lebt so seltsam. Ist doch nicht normal! Da muss doch was dahinter stecken.

Jule spielte mit dem Stiel des Weinglases, drehte das Glas langsam auf der Stelle hin und her und sah mit starrem Blick in die Reflexionen des Weins.

Er ist ein guter, aufmerksamer Zuhörer. Vieles weiß er über mich. Ich nichts von ihm.

Ungläubig lachte die Mutter auf: Ich glaubte immer, ein Journalist will selbst etwas in Erfahrung bringen. Und nicht umgekehrt …

Aber so war es. Er scheint ein verschlossener, trauriger, doch kluger Mann zu sein. Dessen bin ich mir gewiss: Wenn ich etwas über ihn erfahren will, muss ich sein Vertrauen gewinnen. Nur, wenn er weiß, dass ich nicht als bloße Sensationsjournalistin zu ihm komme, dann wird er mich an sich heranlassen. Im Moment bin ich vielleicht auf dem Wege dazu. Mehr nicht.

In der Tat, das Ungewisse, das Verborgene, ja, das Geheimnisvolle hinter dem Menschen Hartung hatte von ihr Besitz ergriffen. Nicht der Heimbewohner als solcher interessierte sie, vielmehr reizte sie, das Innere dieses Menschen zu erkunden. Nein, um keine billige Story ging es ihr. Dass es etwas ungeheuerlich Tragisches für die Abkehr dieses intelligenten Mannes geben musste, sich derart von der Welt abzukapseln, daran gab es für Jule keinen Zweifel. Diese Gründe zu erfahren, war ihre Motivation. Und ohne, dass sie es hätte logisch erklären können, hatte sich der abstrakte Gedanke vom möglicherweise »Helfenkönnen« in ihrem Kopf gebildet.

Ines hörte die ganze Zeit schweigend zu. Zunehmend kamen ihr Zweifel, ob sie nicht einen riesigen Fehler begangen hatte.

Wortlos griffen beide nach ihrem Glas und nahmen einen letzten Schluck. Beim Verlassen des Restaurants, als sie die Stufen zur Straße hinabstiegen, murmelte die Mutter: Lass dich da bloß in nichts hineinziehen.

Die Nacht hatte den vorangegangenen geglichen; Alpträume warfen Jule in ihrem Bett hin und her. Als der Wecker um sieben Uhr ihren Schlaf abrupt beendete, lösten sich die Bilder auf und verschwanden augenblicklich im Nichts. Nur die vage Erinnerung, ihrem Vater begegnet zu sein, blieb. Freute sie sich einerseits insgeheim darüber, fütterte diese doch zugleich ihr schlechtes Gewissen. Mochten ihre wachen Bilder an den Vater noch so gering sein, die alles dominierende Angst war geblieben. Und ausgerechnet diese hatte sie Hartung gegenüber geäußert! Auch im Traum der vergangenen Nacht, fiel ihr wieder ein, war sie von Vater bestraft worden. Das Weshalb und Wie blieb im Nebelschleier verborgen. Nur das elende Gefühl schlechten Gewissens war mit einem Male wieder lebendig geworden. Jule wusste, dass sie ihrem Vater Unrecht tat. Und doch brachte sie es nicht fertig, sich ernsthaft dagegen zur Wehr zu setzen.

Über eine Stunde saß Jule nach dem Frühstück vor dem Computer, recherchierte über Windkraftanlagen. Größe und Leistungen interessierten sie. Erst seit 1991, entdeckte sie, wurde in Deutschland intensiv auf deren Energie gesetzt. Grundlage bildete das »Stromeinspeicherungsgesetz« aus jenem Jahr. Fortgesetzt wurde es durch das »Erneuerbare-Energien-Gesetz« vom 1. April 2000. Die sogenannte mittlere Nennleistung der Windkrafträder betrug gegenwärtig inzwischen über 5 Megawatt. Eine Zahl, hinter der sich für Jule nicht mehr als eine nüchterne, letztlich nichtssagende Angabe verbarg. Vollkommen anders waren dagegen die gewaltigen äußeren Ausmaße. Sie waren beeindruckend und furchteinflößend zugleich. Bis in knapp einhundertvierzig Meter Höhe ragte die Nabenhöhe. Hinzu kamen die rund siebzig Meter langen Rotorblätter.

Nichts hingegen fand sie zu ihrer Verwunderung über Sonderbestimmungen der Nutzung von Windrädern in landschaftlich geschützten Gebieten. Solch dreiste, skrupellose Ideen waren anscheinend bislang gar nicht in Erwägung gezogen worden. Bis jetzt jedenfalls.

Jule fuhr los. Genaueres musste sie in Erfahrung bringen. Im Kopf war sie voll auf ihren Auftrag fixiert. In Pirna überquerte sie die Elbe auf der neuen Brücke. Von dort über Lohmen war es nur noch ein Katzensprung bis Rathewalde. Idyllisch gelegen ruhte die vierhundertundfünfzig Seelen zählende Gemeinde inmitten hügeliger Landschaft. Um den Ort selbst erstreckten sich landwirtschaftlich genutzte Flächen, welche wiederum von Wäldern, hauptsächlich Kiefern und Fichten, umgeben waren. Nur nach Norden hin war der Waldring offen. Jule wusste, um von hier aus zu Fuß an das südlich gelegene Touristenziel, das Basteigebiet, zu gelangen, brauchte es nicht mehr als eine halbe Stunde.

Bevor sie beim Rathewalder Ortsrat vorstellig wurde, wollte sie sich selbst ein genaueres Bild von der Gegend machen. Langsam durchfuhr sie die Ortschaft. Bis auf eine rothaarige Katze, die wenige Meter vor ihr die Straße übersprang, konnte sie nichts Lebendes wahrnehmen. Einige hundert Meter weiter machte sie an der Waldgrenze Halt, stellte den Motor ab und stieg aus. Ruhig blinzelte sie in den blau-weißen Vormittagshimmel. Es war wieder warm geworden, so dass sie die Lederjacke ausziehen und ins Auto werfen konnte. Erst jetzt nahm sie die Stille wahr. Rapsfelder glichen Teppichen aus leuchtendem Gelb, frisches Grün, in allen Nuancen, wartete ungeduldig darauf, weiterwachsen zu können.

Ein Greifvogel kreiste über dem Waldstück. Vogelstimmen drangen allmählich an ihr Ohr.

Wie oft sie in dieser Gegend schon gewesen war, wusste sie nicht. Dieses Mal aber waren ihre Blicke, ihre Sinne besonders geschärft. Der Gedanke, dass hier ein Feld von Windrädern aufgepflanzt werden könnte, ließ sie erschaudern. Nein, das war für sie nicht vorstellbar. Zügig fuhr sie zurück ins Dorf.

Kurz nach neunzehn Uhr stand der Artikel. Jule hatte ihn in ihrer Wohnung geschrieben und anschließend an die Pirnaer Redaktion gemailt.

Es war ihr nicht leichtgefallen, beim Schreiben Neutralität zu wahren. Was sie im Verlaufe des Gesprächs mit dem Vorsitzenden des Ortsrates von Rathewalde, Georg Flecke, um die fünfzig, von großer, kräftiger Gestalt, erfahren hatte, hätte sie niemals für möglich gehalten. Flecke machte überhaupt keinen Hehl daraus, dass er zu den Befürwortern der Windradanlagen gehörte.

Freundlich hatte er Jule, ohne groß Worte zu machen, in sein Büro gebeten. Vor seinem Schreibtisch hatte sie Platz genommen. Jule konkretisierte den Grund ihres Kommens.

Ohne lange überlegen zu müssen, begann Flecke langsam, doch mit klarer, fester Stimme:

Seit 1994 ist Rathewalde keine autarke Ortschaft mehr. Sie gehört dem Ortsverband Hohnstein an. Jede kommunale Entscheidung Rathewaldes läuft seitdem ausschließlich über die Hohnsteiner Behördentische. Nicht nur das. Überhaupt gehen alle Vorgaben von dort aus, was unseren Ort betrifft.

Flecke legte eine kurze Pause ein, während Jule noch Notizen machte.

Dann, als wäre er ein wenig nachdenklich geworden, fuhr er leise fort: Was die geplanten Windräder angeht, da konnten sich die Initiatoren auf ein entscheidendes Hintertürchen berufen –

die benötigten anderthalb Quadratkilometer Fläche für die geplanten sechs 5 MW-Anlagen befinden sich nicht direkt in, sondern genau am Rande des Nationalparks. Begünstigend hinzu kam der von der Bundesregierung beschlossene Ausstieg aus der Atomenergie.

Jule verstand. Kommerz plus Politik – es fand sich immer ein sauberes Hintertürchen zur schmackhaften Begründung für Absichten zum Wohle der Bürger.

Als sei er tatsächlich von dieser Mission überzeugt, als müsse er Jule von der guten Absicht des Windparks überreden, überzog sich sein Gesicht mit einem vielsagendem Schmunzeln. Er verwies darauf, dass die Menschheit schließlich bereits seit Jahrhunderten die natürlich vorhandene Energie, die gewissermaßen kostenlos in der Luft lag, durch Windmühlen nutze. Jules Hinweis auf Anzahl und Höhe jener Mühlen im Vergleich zu den nun beabsichtigten Spargeltürmen musste der gewählte Volksvertreter trotz Nachfragens ebenso überhört haben, wie die Bemerkung, dass im Übrigen Windmühlen in diesem Landstrich doch wohl noch nie anzutreffen gewesen wären. Vielmehr bekräftigte der Ortsratsvorsitzende, dass alle Anforderungen genau nach Vorschrift bedacht und erfüllt seien. Das betreffe sowohl die räumliche Entfernung zu einem allgemeinen Wohngebiet als auch Schall und Schattenwurf durch die Windkrafträder. Alles in allem – die Befürwortung sei letztlich ein Bekenntnis zum Fortschritt, ein richtungsweisender Weg in die Zukunft der Gemeinde Rathewalde.

Und, so lag es Jule auf der Zunge, entsprach dies doch wohl in erster Linie dem Interesse derer, die durch das zur Verfügungstellen ihrer Flächen einen enormen finanziellen Gewinn machen würden. Diesen Gedanken laut auszusprechen, verkniff sie sich.

Noch während ihrer Rückfahrt war ihr klar geworden, dass der Mann, den sie soeben interviewt hatte, nicht mehr als eine Marionette der Hohnsteiner Behörden, sprich Interessen, war. Zumindest war er, soweit er konnte, ehrlich gewesen.

Und die Skeptiker, die Gegner dieses Vorhabens?, wollte Jule wissen. Selbstverständlich würden deren Argumente durchaus ernst genommen und geprüft, hatte Flecke beteuert. Das schließe die Fragen nach dem aus ihrer Sicht unverträglichen Eingriff in die Ästhetik dieser einzigartigen Landschaft und die unmittelbare Nähe zum Nationalpark ebenso ein wie die Ängste um die Auswirkungen auf die Ökologie.

Jule schloss ihren PC.

Bei letzteren Argumenten waren vor ihren Augen die farbigen Bilder während ihrer Besichtigung vor dem Wald wieder aufgetaucht.

Mehr oder weniger zufrieden stand sie auf. Im Schlafzimmer zog sie sich einen Pullover über, goss sich in der Küche ein Glas Rotwein ein und setzte sich auf den Balkon. Noch immer nachdenklich, verfolgte sie das Rattern eines Güterzuges, der sich wie ein schwarzer Wurm im Elbtal entlang schlängelte, bis er endlich lautlos verschwunden war.

Irgendwie wurde sie das Gefühl nicht los, dass das Chaos um sie herum stetig angewachsen war. Schlimmer noch! Ihre Ruhe war ihr abhanden gekommen. Sie fürchtete, immer mehr selbst ein Teil dieses Chaos' zu werden. Mit einem Male überkam sie der Wunsch, mit jemandem reden zu wollen. Sie griff zum Handy. Nur, wen sollte, wen konnte sie jetzt anwählen? Ursula würde wahrscheinlich gerade mit der Familie beschäftigt sein. Mutter kam nicht infrage. Sich bei Jörg, ihrem Verflossenen melden? Lächerlich! Hartung könnte genau der Richtige sein. Leider wusste sie so gar nichts über ihn. Und, fiel ihr ein, er besaß ja nicht einmal ein eigenes Telefon. Langsam legte sie das Handy zurück auf den Tisch. Worüber hätte sie überhaupt reden mögen? Wer hätte ihr denn, wenn sie es ja selbst nicht wusste, ihre Unruhe, ihre Ratlosigkeit, ihr Unglücklichsein erklären können?

Es gab niemanden.

Jule fröstelte. Sie trank das Glas leer, drückte die halb aufgerauchte Zigarette im Aschenbecher aus und beendete den Tag.

Nach traumloser, unerwartet ruhiger Nacht hatte Jule gefrühstückt und war anschließend nach Pirna in die Redaktion gefahren. Die Windrad-Story würde spätestens morgen in Druck gehen. Was käme dann? Noch immer wollte ihr die Sache mit der Gohrischer Munitionsgeschichte nicht aus dem Kopf gehen. Vor allem aber nagte eine andere Neugier in ihr. Auch wenn es ihr schwerfiel – im Nachhinein musste sie sich eingestehen, dass Ines Recht gehabt hatte, dass es reizvoll wäre, das seltsame Verhalten Hartungs zu ergründen. Selbst wenn es noch keinen Ansatzpunkt gab, in welche Richtung ihre Strategie gehen müsste, stand für sie fest, dass es niemals eine Banalität gewesen sein konnte, die ihn derart extrem vom Leben abtrennte. Dass noch ein Fünkchen Hoffnung bestand, dass er in dieses zurückkehren könnte, sah sie in der Tatsache, dass er überhaupt bereit war, mit ihr zu reden. Diese Gedanken schreckten sie auf. Sie hatte etwas begonnen, von dem sie absolut nicht wusste, wie es ausgehen würde. Für ihn und sie selbst.

Also fuhr sie zu ihm.

Anzumelden brauche Jule sich nicht, hatte Hartung ihr versichert. Schließlich sei er stets anwesend und sie immer willkommen.

Als Jule an seine Tür klopfte, schlug ihr Herz doch heftiger. Weshalb kam sie, was wollte sie von ihm hören?

Hartung öffnete, schien dabei keineswegs überrascht zu sein, sie zu sehen. Es war eher so, als hätte er sie bereits erwartet.

Mit einer einladenden Handbewegung wies er sie auf den Balkon, auf den Stuhl, auf dem sie bereits während ihres ersten Besuchs gesessen hatte.

Na, wie sind denn Ihre Recherchen bezüglich der geplanten Windkrafträder oberhalb Kurort Rathens verlaufen?

Dass Hartung ein wahres Interesse an dieser Sache haben könnte, erschien ihr widersinnig.

Ein Mann, der lebte und wohnte, als sei er der Graf von Monte Christo in seiner von der Außenwelt abgeschiedenen Zelle. Das konnte es nicht sein. Wollte er nichts von sich preisgeben – dann hatte er gewiss seine Gründe dafür. Heftige Zweifel kamen in Jule auf: Lohnte es sich tatsächlich, dahinter kommen zu wollen, dafür Zeit zu investieren?

Jule überlegte, sie wollte nichts überstürzen.

Hartung riss sie aus ihren Überlegungen.

Glauben Sie, dass es einen Gott gibt?

Verwirrt von dieser Frage, blies Jule die Backen auf.

Was sollte denn diese blödsinnige Frage?, dachte sie.

Sie brauchte einige Zeit, um eine angemessene, nicht verletzende Antwort zu finden.

Ob es einen Gott gibt? Darüber habe ich mir, ehrlich gesagt, bislang keine Gedanken gemacht.

Und ich weiß nicht mal, ob ich es gut fände, ob es überhaupt gut wäre, wenn es einen Gott gäbe.

Hartung stemmte eine Hand unter sein Kinn, die andere schob er um seinen Bauch.

Nun gut, sagte er, und begann zu erzählen:

Mein Vater war bis zuletzt 1945 als Soldat im Krieg gewesen. Dann kam er aus der Kriegsgefangenschaft zurück. Unsere Familie wurde gemeinsam mit allen Verwandten zu sogenannten Umsiedlern. Heute darf man die historisch richtige Bezeichnung wieder sagen: Wir waren Vertriebene aus dem Sudetenland. Im tschechischen Teil des Riesengebirges lag ihre, unsere Heimat. Meine Eltern wurden nach Sebnitz, hier in Sachsen, umgesiedelt. Die Eltern meines Vaters fanden in Cammin, einem kleinen mecklenburgischen Dorf, rund 30 Kilometer südlich von Rostock gelegen, ein neues Zuhause. Mein Großvater, der ehemalige Eisenbahner, wurde Waldarbeiter. Vom Forst hatten sie eine winzige Dachwohnung zugewiesen bekommen. Ich war um 1950 noch nicht ganz sechs Jahre alt, als sich mein Vater die Lungen-TBC, auch Schwindsucht genannt, geholt hatte. Als Neulehrer, wird vermutet, hatte er sich bei einer Schülerin angesteckt. Um meine Mutter zu entlasten, die meinen Vater fast täglich zu Fuße besuchte – die Lungenheilstätte war gut zwölf Kilometer entfernt –, wurde ich für eineinhalb Jahre zu den Großeltern nach Cammin geschickt.

Da passierte etwas, was mir bis heute unerklärlich ist:

Obwohl ich damals sehr jung war, weiß ich heute noch genau, was damals passiert war. Ich spielte vor dem Haus meiner Großeltern. Plötzlich bekam ich während des Spielens einen Fieberanfall. Ich wurde in die Wohnung hinaufgetragen, in mein Bett gelegt und mit meiner Decke zugedeckt. Noch heute würde ich diese unter Tausenden herausfinden. Rot war sie, und sie hatte ein ganz besonderes, für mich unverwechselbares Muster. So lag ich fieberglühend da. Der eilig herbeigerufene Arzt war ratlos. Dann, nach etwa einer halben Stunde, verschwand – so plötzlich, wie es gekommen war – das Fieber wieder.

Später stellte sich heraus, dass ich den Fieberanfall genau zu dem Zeitpunkt bekommen hatte, als mein Vater in der Lungenheilstätte eine tödliche Krise durchgemacht hatte. Rund 500 Kilometer waren wir voneinander entfernt. Dabei wusste ich nicht einmal, weshalb ich bei meinen Großeltern lebte.

Leise war Hartung zuletzt geworden, als er die Geschichte erzählte.

Dann fragte er: Verstehen Sie jetzt, weshalb ich Sie gefragt habe, ob Sie an Gott glauben? War das bloßer Zufall, Telepathie, gar ein Wunder? Wie würden Sie das erklären?

Ich weiß es nicht, sagte Jule, und um ihrerseits Hartung den Ball zuzuspielen, stellte sie die Gegenfrage: Glauben Sie denn, dass es einen Gott gibt?

Jule gewann den Eindruck, dass dieser Mann um eine ehrliche Antwort bemüht war. Mit den Fingern der linken Hand griff er sich an die Unterlippe, schlug die Augenlider mehrfach auf und nieder, wobei er die Augen leicht zusammenkniff. Ich hoffe, dass es einen Gott gibt. Leise fügte er hinzu: Sonst wäre das hier alles umsonst.

Bevor Jule nachfragen konnte, gab er selbst die Antwort: Vielleicht werde ich Ihnen das alles einmal erklären. Schließlich sind Sie doch nur deswegen zu mir gekommen.

Jule fühlte sich plötzlich wie nackt vor ihm. Schamröte stieg ihr ins Gesicht. Hartung hatte also längst ihre Absicht erkannt. Und nun? Am liebsten wäre sie aufgestanden und wäre verschwunden. Doch Hartung fasste nach ihrer Hand. Während er seinen Kopf nach unten gebeugt hielt, sagte er mit ruhiger Stimme: Sie sollten jetzt am besten gehen. Doch versprechen Sie mir, dass Sie wiederkommen. Morgen. Vielleicht übermorgen. Wann immer Sie wollen. Ich kann warten.

Jule stand auf und ging. Hartung blieb reglos am Tisch sitzen.

An den nächsten Tagen pendelte Jule zwischen den Redaktionen und Rathewalde hin und her.

Altmann hatte nicht nur angebissen, als er ihren Text gelesen hatte. Jetzt wollte er mehr.

Das Problem geht uns alle an!, hatte er in der Sitzung laut ausgesprochen und gefordert, dass untersucht werden müsse, wo im Bundesland Sachsen gleiche oder zumindest ähnliche Auseinandersetzungen wegen der Windkrafträder zu erwarten seien. Wo und wie viele dieser Windkraft-Parks seien geplant? Wie sieht es mit der Nutzung der fossilen Brennstoffe aus? Wir sitzen hier doch in unserem schönen Sachsenland geradezu auf der Braunkohle, schloss er.

Innerlich triumphierte Jule, genoss sie es, dass sie ihren Chef auf ihre Linie gebracht hatte. Sie sollte weiterhin in Rathewalde vor Ort bleiben. Andere Kollegen wurden beauftragt, anderswo zum gleichen Thema Meinungen einzuholen.

In Rathewalde sprach sie die Menschen auf der Straße an, klingelte an Haustüren. Nicht wenige winkten ab, wollten oder konnten dazu nichts sagen. Mehrfach bekam sie zu hören, dass sie doch sowieso keinen Einfluss darauf hätten, was »die da oben« wollten. Auf der Einwohnerversammlung, welche eigens dafür einberufen worden war, ging es laut und leidenschaftlich zu. Flecke, der die Sitzung selbst leitete, hatte alle Hände voll zu tun, die an Schärfe und Aggression zunehmenden Äußerungen unter

Kontrolle zu halten. Etliche Seiten ihres Notizblocks hatte Jule im Laufe der knapp zwei Stunden beschrieben, fast zwei Bänder des Aufnahmegeräts wurden bespielt. Obwohl die Befürworter in der zahlenmäßigen Minderheit waren, hatten sie doch die offenbar gewichtigeren Argumente. Am Schluss zeichnete sich ab, dass die Genehmigung der Windkraftanlage nur noch eine Frage der Zeit schien.

Vier Tage intensiver Arbeit lagen hinter Jule.

Nur am Sonntag hatte sie sich eine Auszeit gegönnt. Frühmorgens war sie mit dem Fahrrad in die Stadt Königstein gefahren und hatte am Reißiger Platz im Café Schmidt gefrühstückt. Bis zur Schiffsanlegestelle der Weißen Flotte an der Elbe waren es keine fünfhundert Meter. Sie kaufte ein Ticket bis Pillnitz und setzte sich auf eine Bank. Aus der Seitentasche ihres Fahrrades kramte sie ein Buch. Jule las gern und viel. Gegenwartsromane füllten ihre Regale zuhauf. Natürlich hätte sie die meisten Bücher auch aus der Bibliothek ausleihen können. Sie aber wollte sie stets griffbereit haben, nicht wegen eines Abgabetermins hinterherrennen müssen. Käuflich erworbene Bücher gehörten ihr, wurden während des Lesens ein Teil ihrer selbst. Nicht selten empfand sie nach dem Lesen der letzten Seite eine Art Traurigkeit. Fast wie ein bisschen Sterben war das, meinte sie.

Die Beine übereinander geschlagen, schlug Jule Judith Hermanns »Nichts als Gespenster« auf. So versessen sie das Buch verschlang, mit einem unverstellten Anflug von Neid bewunderte sie die Autorin um deren Art, so eigenwillig, so einfühlsam, so erfolgreich schreiben zu können. Dabei war diese nur ganze zwei Jahre älter als sie.

Mit einem lauten Pfeifton, der durch das Elbtal schallte, näherte sich sacht schnaufend der Raddampfer »Meißen« und machte an der Anlegestelle fest. Ihr Fahrrad schob Jule auf das Schiff, sicherte es am Heck mit einem Schloss und begab sich auf die Suche nach einem geeigneten ruhigen Platz am Vorderdeck. Auf der linken

Bordseite fand sie einen solchen an einem Zweiertisch. Sie setzte sich, stubste ihre Sonnenbrille von der Stirn auf die Nase, schloss die Augen und ließ den Wind sich in ihren Haaren verfangen.

Nach gut einer Stunde ging sie von Bord. Ohne Eile durchwanderte sie die herrlichen Parkanlagen des Pillnitzer Schlosses. In einem Biergarten neben den fürstlichen Stätten aß sie zu Mittag. Am späten Nachmittag kehrte sie in ihre Wohnung zurück.

Dass Altmann mit ihrer Arbeit zufrieden war, tröstete darüber hinweg, dass – wie nicht anders zu erwarten – sich die Kollegen »Neider« in Stellung gebracht hatten. Nur diesmal hatten sie bei ihren Einwänden Altmann gegenüber auf Granit gebissen.

Ihre Arbeit hatte sich gelohnt! Etliche Töpfe Kaffee und eine Menge Zigaretten hatten sie die Tage, bis in die Nacht hinein, wachgehalten. Ausgelaugt, doch glücklich fiel sie in ihren Stuhl auf dem Balkon. Als wäre eine Last von ihr gefallen, lag sie da, die Füße weit von sich gestreckt, die Arme fest um die Lehnen gefasst. Im Moment an nichts denken können, das wünschte sie sich. Aussichtslos! Während sie sich sammelte, war ihr, als hätte sie in den vergangenen Tagen einen riesigen Berg bestiegen und wäre nun endlich wieder im Tal angelangt. Nur folgte diesem keine Ebene, in der sie ruhig dahin wandern konnte. Vielmehr meldeten sich Gedanken, die geduldig im Hinterkopf gehockt hatten. Vor einem Anruf an Mutter hatte sie für sich selbst die ganze Zeit über nach Ausflüchten gesucht. Was sollte sie ihr auch sagen? Dass Hartung ihr auf die Schliche gekommen war, was sie mit ihren Besuchen bezweckte? Dieses Wissen musste unter allen Umständen von ihr ferngehalten werden. Wenn Ines ihn im Heim antraf, sollte sie unbelastet sein.

In Jule selbst hatte sich ein ihr bis dahin unbekanntes Gefühl gemeldet: Reine, blanke Neugier als Motivation, um einem Menschen dessen persönliches Schicksal zu entlocken. Wäre Hartung ein Mann der Öffentlichkeit – sie hätte keine Skrupel dabei empfunden. So aber war das, was sie hier tat, was sie hier antrieb, nichts als eine pure persönliche Angelegenheit. Jule betrat nicht Neuland, sie wusste, sie befand sich längst mittendrin.

Gern hätte sie an einem Glas Rotwein genippt. Aber sie verzichtete diesmal wegen angekündigter Polizeikontrollen schweren Herzens darauf, denn sie wollte noch mit dem Auto fahren. Nach Pirna. Zu Hartung.

Vor dem Heim parkte sie, stieg aus und ging in die Stadt. Während der Fahrt war ihr eine Idee gekommen. In der Dohnaischen Straße kaufte sie in der »Vitrine«, einem Geschäft für kunstgewerbliche Dinge, ein kleines weißes Tischdeckchen und ein Bleikristallväschen.

Mit einer auf passende Kürze für die Vase gekappten gelben Rose stand sie vor der Eingangstür der Seniorenresidenz. Instinktiv verharrte sie einen Moment, trat dann einen Schritt zurück. Langsam drehte sie sich um und schlenderte Richtung Canalettoweg.

Auf einer Bank unter einem Lindenbaum ließ sie sich nieder. Sie schob den Kopf in den Nacken, besah sich die Äste und das frische Grün der Blätter. Irgendwie kam sie sich schlecht vor. Ausgenutzt – genau das war es, was sie empfand. Wenn Mutter oder die Heimleiterin wissen wollten, was Hartung dazu bewegte, so seltsam zu leben, dann sollten sie ihn doch gefälligst selbst danach fragen. Hatte er Ines nicht als eine freundliche Frau bezeichnet? Gewiss würde er, wenn sie es geschickt anstellte, sich ihr anvertrauen. Dessen war sich Jule sicher. Das würde ihrer Mutter gelingen. Wenn diese es nur wollte. Wollte sie es?

Jule war klar: Das alles hatte nichts mehr mit Journalismus zu tun. Sie war einem Mann, einem Menschen begegnet, der fürchterlich litt. Nun schien er ausgerechnet durch sie in Versuchung zu geraten, seine Qualen lindern zu wollen. Wenn er sich ihr weiterhin mitteilen, öffnen wollte, dann würde sie sein Vertrauen nicht enttäuschen dürfen. Oberstes Gebot dabei war, dass Hartung ausschließlich von sich aus das preisgab, wozu er freiwillig bereit war.

Jules Blick fiel auf den überfüllten Abfallkorb neben der Bank. Sollte sie die Rose und die Geschenke hinein werfen?

Hartung zeigte, fast schon wie gewohnt, mit der Rechten zur Balkontür. Jule nickte und ging nach draußen. Dort setzte sie sich und wartete angespannt und neugierig zugleich.

Lächelnd, doch wortlos, hatte er die Geschenke entgegengenommen. Als er den Balkon betrat, diesmal trug er zu einer schwarzen Jeans ein gelbes Polohemd, trat er an den Tisch. Fast behutsam faltete er das Deckchen auseinander und platzierte es in der Mitte des Tisches. Dann stellte er die Vase, in die er Wasser gefüllt hatte, mit der gelben Rose darauf. Schön, meinte er, nachdem er sich ebenfalls gesetzt hatte und strich mit beiden Händen über das Deckchen.

Die ganze Zeit über hatte Jule aufmerksam und interessiert zugeschaut. Sie war zufrieden.

Nach einigen Momenten des Schweigens begann Harry mit überraschend klarer Stimme zu fragen: Weshalb machen Sie bei mir eigentlich keine Tonbandaufnahmen? Schließlich sind Sie Journalistin und, so nehme ich an, tragen Sie doch solch ein Ding immer bei sich. Oder, dabei lachte er zum ersten Mal laut auf, lassen Sie Ihr Gerät heimlich mitlaufen?

Jule spürte, wie ihr das Blut in den Kopf schoss.

Ich ... natürlich nehme ich nichts auf. Dann hätte ich Sie doch vorher gefragt.

Es war wie verhext. Ganz gleich, wie Jule sich diesem Mann nähern wollte, sie hatte das Gefühl, er wäre ihr stets gedanklich einen Schritt voraus. Was sie verständlicherweise wurmte!

Hartung erwartete keine Antwort.

Nein, wiederholte Jule, das mache ich nicht. Natürlich hatte ich anfangs mit dem Gedanken gespielt, es zu tun.

Verwundert hatte Hartung zugehört. Dann war er langsam aufgestanden und hatte sich über die Brüstung seines Balkons gebeugt.

Auch Jule stand auf und stellte sich neben ihn.

Nach einer Weile fragte er: Was halten Sie davon, wenn wir uns duzen? Sie besuchen mich gewiss noch des öfteren. Ich finde, das »Sie« bringt so eine Distanz …

Wieder wurde es Jule warm im Gesicht.

Ich würde mich freuen, Jule.

Harry, sagte Hartung und reichte ihr seine Hand.

Er wollte keine Pause aufkommen lassen.

Dein Vater ist also schon früh verstorben, nahm er den Gesprächsfaden wieder auf, deine Mutter, lebt sie seitdem allein?

Jule nickte.

Dann nahm sie einen tiefen Zigarettenzug und blies den Rauch kräftig aus. Sie brauchte Zeit zum Nachdenken. Was sie wusste oder was sie sich im Laufe der Jahre zusammengereimt hatte – mit niemandem, nicht einmal mit Ursula – hatte sie jemals darüber gesprochen.

Jule klärte Harry auf. Mutter war damals Schülerin der zehnten Klasse der EOS »Rainer Fetscher« in Pirna gewesen. Während des obligatorischen Tanzstundenbesuchs ihres Jahrgangs hatte sie vor dem Mittelball ihr späterer Mann angesprochen. Günter Stein, so ganz wie durch die Benimm-Regeln des Tanzstunden-Begleitprogramms gelernt, hatte er sich ihr vorgestellt und dabei einen tiefen Diener gemacht. Er, der Student der Eisenbahnhochschule Friedrich List in Dresden. Gut vier Jahre älter als sie war er. Sie war beeindruckt. Zum Abschlussball waren sie, wie man so sagt, ein festes Paar. Nach dem Abitur begann Ines in Dresden an der Medizinischen Akademie zu studieren. Noch im gleichen Sommer hatten sie geheiratet. Im neunten Semester wurde sie schwanger. Kurz vor dem Abschlussexamen brach sie das Studium ab. Blieb auch nach meiner Geburt zu Hause. Vater bestand darauf. Wenig später, nach seinem Tod, bewarb sich Mutter um eine Anstellung als Krankenschwester im Pirnaer Krankenhaus. 1993 zog sie von Königstein nach Pirna. Die Wohnung überließ sie mir.

Während Jules Erzählen hatten sie sich wieder gesetzt.

Marienkirche, Pirna

Als sie geendet hatte, hingen beide ihren Gedanken nach.

Wollte deine Mutter allein bleiben?

Jules Finger der linken Hand trommelten auf die Unterlippe.

Darüber habe ich nie mit ihr geredet. Und, setzte sie nach, ich wollte darüber wohl auch nichts wissen.

Dann fügte sie, mehr als Rechtfertigung denn als Entschuldigung, hinzu, dass sie sich später schließlich kaum zu Hause in Königstein aufgehalten habe.

Die Angst, die sie allerdings stets begleitet hatte, womöglich einen neuen Vater zu bekommen, verschwieg sie Harry. Der sah ihr tief und mit festem Blick in die Augen. Beinahe flüsternd sagte er: Glaube mir, ich versteh dich besser, als du denkst. Viel besser, als du vermuten könntest.

Seine Art, so zu reden, gefiel Jule. Da schienen unsichtbare Wurzeln des Vertrauens gewachsen zu sein, die mehr und mehr an Tiefe gewannen. Beim Verlassen reichte Harry Jule seine Rechte. Als sie sie ergriff, klopfte er kurz ein-, zweimal mit der anderen darauf.

Ein Cabrio, ging es Jule durch den Kopf, mein nächstes Auto muss ein Cabrio sein. Beide Seitenfenster bis zum Anschlag geöffnet, fuhr sie mehr als zügig auf der B 172 über Krietzschwitz, die kürzeste Strecke nach Pirna, in die Redaktion. Selbst Strafpunkte in Flensburg konnten sie nicht schrecken. Nicht einmal das Wetter, wie sie es liebte, vermochte es, sie zu beruhigen. Auch die Gedanken an ein Cabrio lenkten nur einen Moment ab von dem, was sie am Morgen aus ihrer Zeitung erfahren und in eine Art Schockzustand versetzt hatte. Schlagzeile der Titelseite: Munitionsklau in einem Kurort. Im Folgenden schrieb der Verfasser über Jugendliche (vermutlich aus Pirna stammend), dass diese von der Munition erfahren und in der vergangenen Nacht zum gestrigen Tag ein ordentlich großes Loch an der bewussten Stelle hinterlassen hätten. Ob und was an Munition sie überhaupt gefunden oder mitgenommen hätten, sei nicht bekannt. Nur der Aufruhr war entsprechend groß, hieß es. Bürgermeister Hille versuchte die Tat verständlicherweise herunterzuspielen. Es bestand und bestehe auch weiterhin keinerlei Gefahr für Einwohner und Gäste. Die kontrollierte Überprüfung und Beseitigung noch eventueller Munitionsrückstände sei unverzüglich eingeleitet worden. Nach den jugendlichen Tätern werde gefahndet. Mögliche Zeugen würden um Mithilfe gebeten.

Verfasser des Zeitungsberichts war Johannes Gruber. Ausgerechnet Gruber! Jule hatte mit den Tränen gekämpft, als sie den Artikel, vor allem, als sie dessen Namen gelesen hatte. Gruber, der Schleimer, der nicht nur von Jule gemieden wurde. Es war allgemein bekannt, dass er, wann immer er konnte, bei Altmann seine Kollegen auszutricksen versuchte. Mit Erfolg, wie dieser Artikel bewies. Weshalb sonst hatte der Chef ihn und nicht Jule, die nachweislich am besten über den Munitionsort Bescheid wusste, mit dieser Sache beauftragt? Diesmal war er augenscheinlich nicht darum herumgekommen, auf die Sache mit der Munition in Gohrisch durch einen Artikel einzugehen. Auf wen sie mehr wütend war, wusste sie nicht – auf Gruber, den Intriganten, oder doch auf ihren Chef? Oder auf Mutter?

In Jule kochte es noch immer, als sie die Redaktionsräume betrat. Schultze und Zimmermann, die beiden Kollegen, hatten sofort geahnt, was in ihrer Mitarbeiterin vorging. Deshalb akzeptierten sie deren wortlosen, kurzen Blick und vermieden jeden Kommentar.

In ihrem Raum warf sie sich in den Arbeitssessel und fuhr den Computer hoch. Hastig überflog sie die E-Mails. Keine Nachricht, die sie in Verbindung mit dem Vorgang in Gohrisch einbezogen hätte. Gruber hatte ganze Arbeit geleistet. Dafür sollte Jule sich, so Altmanns Anweisung, unverzüglich nach Rathewalde begeben. Um den geplanten Windpark gäbe es neue Gerüchte. Das passte! Energisch warf sie die Tür hinter sich zu und eilte, so wortlos wie sie gekommen war, wieder hinaus.

Die Nachforschungen in Rathewalde hatten so gut wie nichts

Neues erbracht. Jedenfalls nichts, weshalb ihr Chef sie unbedingt dort haben wollte. Der Widerstand gegen die Windräder blieb in breiter Front. Dennoch würden sie kaum zu verhindern sein.

Frustriert fuhr Jule zurück nach Königstein. Wenn sie Altmann nichts bieten konnte, musste er zusehen, wie er damit zurecht kam. Schließlich war die ganze Öko-Windrad-Kampagne auf seinem Mist gewachsen. Der Gedanke allein, Altmann eins auswischen zu können, munterte sie auf. Sie nahm den Fuß vom Gaspedal und provozierte um ein Haar einen Auffahr-Unfall.

In Königstein stellte sie ihr Auto zu Hause ab, ging in die Wohnung und duschte. Danach kletterte sie von der Straße vor ihrem Haus über einen kurzen, aber steilen Weg hinab in die Stadt.

Königstein bot nicht viel an Zerstreuungsmöglichkeiten. Voller Wehmut fiel ihr Blick auf das Deutsche Haus, das schon seit Jahren einer ausgeschlachteten Ruine glich. Im Garten des Café Schmidt fand sie an einem freien Tisch Platz. Sie bestellte sich einen Schoppen Rotwein. Als das Glas auf den Tisch gebracht wurde, stellte sich endlich in ihr die erhoffte Ruhe ein. Sie trank, genoss den Rauch der Zigarette und lehnte sich entspannt zurück. Für einen Augenblick schloss sie sogar die Augen. Glücklich sein – so musste es sich wohl anfühlen.

Aus ihrer Tasche zog sie ein Buch.

Noch war es hell und die Mailuft angenehm warm.

Gerade, als sie erneut zum Glas greifen und den Zeigefinger der anderen Hand zwischen die Buchseiten legen wollte, verspürte sie einen leichten Druck auf ihrem Rücken. Erstaunt drehte sie sich um, sah in Jörgs lachendes Gesicht.

Darf ich?, fragte er und setzte sich, ohne die Antwort abzuwarten.

Na klar, sagte sie verwirrt. Ob ihr nachgeschobenes Freut mich doch! ehrlich gemeint war, wusste sie selbst nicht.

Die Zeit, als sie mit Jörg liiert war, lag einige Jahre zurück. Unmittelbar nach Beendigung ihres Leipziger Studiums waren sie in Pirna einander begegnet. Er war zwei Jahre älter als sie und arbeitete beim Finanzamt. Beamter – das versprach Sicherheit. So zumindest hatte Mutter sie beschworen. Würde Vater noch leben, wäre er jetzt auch finanziell so abgesichert. Jule wusste, dass Mutter sich selbst damit meinte. Ihr Gehalt als mehr oder weniger ungelernte Krankenschwester und die karge Witwenrente rechtfertigte diese Überlegungen durchaus.

Dass Jörg gleichfalls in Königstein wohnte, beschleunigte damals ihr Zusammensein. Immer häufiger trafen sie sich, liebten sie sich. Nach einem Jahr zeigten sie stolz ihren Freunden die Verlobungsringe an den Händen. Die Hochzeit war bereits geplant – und fiel doch aus. Jule hatte ihren Zukünftigen beim Fremdgehen erwischt. Ausgerechnet mit ihrer Freundin Ute. Die beiden heirateten und bekamen bald darauf eine Tochter. Nach sieben Jahren war die Ehe am Ende, sie wurden geschieden.

Das lag vier Jahre zurück.

Nun saßen sie wieder zusammen an einem Tisch, Jule und Jörg. Sie tranken Rotwein, dann Sekt, und sie erzählten und lachten natürlich viel, ohne die Erinnerungen an die gemeinsame Vergangenheit auszulassen. Schließlich hatten sie doch eine sehr schöne Zeit mit vielen schönen Stunden gemeinsam verbracht.

Jörgs Wohnung war größer, als Jule vermutet hatte. Ihr Schwebezustand verstärkte sich nochmals, als sie nackt auf dem Bett lag. Jörg hatte das Licht per Dimmer auf Halbdunkel gedreht. Als hätte es keine Zeit der Trennung zwischen ihnen gegeben, gaben sich beide hin, kosteten die Lust aus. Jörg wusste, wonach Jule sich sehnte, was sie von ihm erwartete. So, wie er von ihr. Das hatten sie auch über die Jahre nicht vergessen. Eine willkommene Chance, sich endlich wieder einmal gehen zu lassen, einen Glücksmoment auskosten zu können. Selbst wenn es für beide nicht mehr als die Frustbewältigung durch eine eigenwillige, wenngleich wenigstens besonders intensive Art war.

Gegen drei Uhr wachte Jule auf, schälte sich aus dem Bett. Eine halbe Stunde später schob sie ihren Haustürschlüssel ins Schloss.

Sonnabendvormittag regnete es in Strömen. Jule war es egal.

Bestens gelaunt hatte sie sich ein köstliches Frühstück zubereitet. Danach war sie kurz vor zwölf zu ihrer Mutter gefahren. Diese hatte sie nicht angetroffen. So war sie wieder nach Königstein zurückgekehrt. Noch von Pirna aus hatte sie Ursula angerufen. Treffpunkt Elbe.

Eine halbe Stunde vor der vereinbarten Zeit saß Jule auf der verabredeten Bank. Der Regen hatte gottlob aufgehört, und es war tatsächlich wieder wärmer geworden. Sogar der Himmel war aufgerissen und die Sonne zeigte sich. Vor ihr breitete sich der mit Rasen und Wildwuchs überzogene etwa fünf Meter tiefe Abhang zum Fluss hin aus. Linker Hand, am Zufluss der Biela in die Elbe, bemerkte sie einen Angler. Ein vor wenigen Jahren noch unvorstellbares Bild. Fische mussten wieder zurückgekehrt, und was noch mehr verwunderte, sie mussten bratpfannen-tauglich geworden sein. Im Zehn-Minuten-Takt ratterten hinter Jule Personen- und Güterzüge über die Brückenbögen auf der Strecke zwischen Dresden und der Tschechei.

Körperlich saß Jule entspannt da. Je näher der Zeitpunkt der Verabredung rückte, desto unruhiger wurde sie. Was wollte sie Ursula erzählen, weshalb sich überhaupt mit ihr treffen? Zum Weglaufen kam sie nicht mehr. Winkend kam ihr die Freundin entgegen.

Ursula kannte den Blick. Um Jule zu helfen, begann sie von sich selbst zu erzählen – von den Kindern, von der Papierfabrik und von ihrem Mann. Zum Schluss fügte sie ohne Pause an: So, und nun bist du an der Reihe. Was ist los?

Nach kurzem Zögern begann Jule. Nur das Nötigste über Harry erwähnte sie, spielte herunter, verbarg, wie sehr er in ihren Lebenskreis eingedrungen war. Rathewalde und die Windrad-Geschichte tat sie nüchtern, als unspektakulären Arbeitsalltag ab.

Nicht zurückhalten konnte sie sich, als sie zum Munitionsfund-Artikel und die Rolle der falschen Sau Gruber kam.

Als sei sie zuende, schwieg Jule.

Ursula merkte, dass da noch etwas war. Da musste sie nachhaken.

Sie gönnte ihrer Freundin eine Pause. Dann fragte sie unverblümt in einem Ton, den Jule nicht missverstehen konnte: Und das war wirklich alles?

Jule rutschte auf der Bank hin und her, ließ kurz Luft durch die Nasenlöcher ab.

Mit spürbarer Verärgerung in der Stimme begann sie vom üblen Verhalten ihrer Mutter zu berichten: Stell dir vor, meine Mutter war es, die mich davon abgebracht hat, dass ich als Erste über den Munitionsfund berichte. Meine eigene Mutter! Dabei weiß doch gerade sie, wie sehr ich in diesem Beruf kämpfen muss, um mich gegen die männliche Übermacht durchzusetzen. Aber nein, ausgerechnet der Gohrischer Bürgermeister Hille muss geschont werden. Vor Altmann, meinem Chef, will sie mich ganz offensichtlich schützen. Aber gegen den kann ich mich schon alleine durchsetzen! Natürlich hält Altmann seine schützende Hand über Hille. Ach, ich hab so eine Wut im Bauch, das kannst du dir nicht vorstellen.

Nach einer Weile fügte sie mit hochrotem Kopf hinzu: Vielleicht ganz gut, dass ich Mutter heute nicht angetroffen habe.

Derart in Rage geredet, hatte sie Mühe, eine Zigarette aus der Schachtel zu fingern.

Nur langsam beruhigte sie sich. Als sie sich endlich wieder gefasst hatte, sah sie ihrer verstörten Freundin mit aufgesetztem Lachen ins Gesicht.

Über die vergangene Nacht mit ihrem Ex-Freund Jörg verlor sie kein Wort.

Aufmerksam hatte Ursula zugehört. Nur als Jule über ihre Mutter sprach, war sie drauf und dran gewesen, ihr ins Wort zu fallen.

Während sie nun schwiegen, blickten beide auf die langsam dahin fließende Elbe.

Letztlich froh und erleichtert, vor ihrer Freundin den ganzen Ballast abgelegt zu haben, schloss sie die Augen.

Du weißt es wohl wirklich nicht?

Erstaunt öffnete Jule die Augen, sah Ursula fragend an: Was weiß ich nicht?

Ursula atmete mehrmals tief durch: Das von deiner Mutter und Hille, dem Bürgermeister.

Ruckartig richtete sich Jule auf.

Was weiß ich nicht?

Die beiden kennen sich sehr gut. Meine Mutter hatte es mir vor langer Zeit mal anvertraut. Noch bevor du geboren warst, waren sie – wie sagt man – befreundet. Ziemlich eng befreundet, wenn du verstehst.

Gut, dass Jule saß. Aber auch so schien der Boden unter ihren Füßen mit einem Male nachzugeben. Sie konnte gerade noch nach Ursulas Schulter greifen. Dann sank sie mit geschlossenen Augen auf die Bank zurück.

Nein, davon wusste ich absolut nichts!

Als hätte sie der Blitz getroffen, war Jule augenblicklich hellwach.

Tut mir leid, dass du es jetzt erfährst. Aber ich denke, gerade jetzt solltest du das wissen.

Im Moment begriff Jule gar nichts. Ein Traum, ein böser, irrwitziger Traum musste es sein, den sie soeben erlebte. Schnellstens wach werden wollte sie.

Nichts geschah. Sie saßen noch immer da. Menschen gingen an ihnen vorüber, stumm, redend, lachend. Der Himmel war blau, die Sonne schien, und die Elbe floss nicht langsamer und nicht schneller. Alles war so, wie es zu sein hatte.

Dabei brach gerade eine Welt für einen Menschen zusammen. Tränen sammelten sich in Jules Augen. Ihre Mutter und Hille – und sie hatte all die Jahre nichts davon mitbekommen, nichts in siebenunddreißig Jahren?

Wie in Trance erhob sie sich, sah zusammenhanglose, in und um sich kreisende bunte Bilderfetzen. Wortlos setzte sie einen Fuß vor den anderen.

Zutiefst erschrocken und mit einem unbeschreiblich schlechten Gewissen blieb Ursula zurück. Dass ihre Offenbarung derart verheerende Folgen haben könnte, damit hatte sie niemals gerechnet. Vielmehr hatte sie angenommen, Jule würde sie auslachen. Gut, bestenfalls ein wenig nachfragen. Schließlich lag das alles so lange zurück. Aber diese Reaktion? Nein! Wie hatte sie sie doch immer bewundert, beneidet ob ihrer Coolness: Jule, die Hartnäckige, die so unerhört selbstbewusste Freundin. Nun hatte sie erleben müssen, dass dieser scheinbar unzerstörbare Panzer sich binnen Sekunden nur wegen ein paar Worten aufgelöst hatte.

Wie ein Volltrunkener, der einen Filmriss hat, fand Jule sich in ihrer Wohnung wieder. Wann und wie sie heimgekommen war, wusste sie nicht. Sie besaß kein Zeitgefühl. Es schien alles so irreal.

In einer Welt der Lüge hatte sie gelebt. Eine Tür nach der anderen hatte sich geöffnet, und hinter jeder lauerte ein neuer Verdacht, eine neue Lüge, eine neue Hiobsbotschaft. Nun, resümierte Jule, ergab das alles auch einen Sinn. Das Bild der besorgten Mutter war ebenso falsch wie das ihrer Reinheit und Treue Vater gegenüber. Es war unglaublich! Fast hätte Jule darüber lachen mögen. Aber es wäre ein bitteres Lachen geworden. Unfassbar, wie sie Mutter auf den Leim gegangen war. Um Hille nicht in den Rücken zu fallen, sollte sie stattdessen dem so geheimnisvollen Herrn Hartung nachgehen. Auf nichts anderes, als auf ein schäbiges, hinterlistiges Ablenkungsmanöver war sie hereingefallen.

Im Bett wälzte sie sich hin und her. Es war weit nach Mitternacht, als ein völlig neuer, ein furchtbarer Gedanke in ihr Gehirn gekrochen kam: Was, wenn womöglich Hille ihr Vater war?

Sie setzte sich auf den Bettrand. Noch nie hatte Jule einen solch heftigen Herzschlag bei sich wahrgenommen. Mutter sofort anrufen? Sie zögerte. Nein, sagte sie sich, direkt in die Augen wollte sie ihr sehen, wenn sie sie zur Rede stellte.

Übermüdet fuhr Jule nach Dresden zur Redaktionssitzung. Über Nacht war die Schafskälte gekommen. Wie eine gefühlte Ewigkeit kam es ihr vor, bis ihr im Renault einigermaßen warm wurde. Kein Wunder, dass sie fror – kaum Schlaf und als Frühstück hatten lediglich ein starker Kaffee und zwei Zigaretten gereicht.

Frauenkirche, Dresden

Mit nur halbem Ohr folgte sie Altmann, der erst euphorisch über die hohe Anzahl an Leserbriefen zu den Windparkanlagen berichtete. Dann ging er zur Tagesordnung über. Jule sollte die Aktionen in Rathewalde weiterhin im Auge behalten, zudem Ungereimtheiten im Heidenauer Malzwerk nachgehen. Von veruntreuten Geldern im hunderttausender Bereich war die Rede. Nur notdürftig waren die Notizen, die sie sich machte. Ihre Gedanken waren vielmehr auf das Gespräch mit Mutter fixiert, die sie auf der Rückfahrt aufsuchen würde.

Endlos zog sich die Sitzung hin. Immer mehr fühlte sie, wie der mangelnde Schlaf seinen Tribut forderte, wie bleierne Müdigkeit in ihren Körper kroch.

Endlich war die Sitzung beendet, endlich konnte sie aufstehen. Eilig stürmte sie nach draußen. Trotz des angestrengten Atmens, versuchte sie zur Ruhe zu kommen. Da fuhr sie zusammen. Gruber nahte. Das hatte gerade noch gefehlt! Als hätte sie ihn nicht bemerkt, rannte sie zu ihrem Auto. Ein Smalltalk mit diesem Kerl wäre das Letzte, was sie jetzt ertragen könnte.

Vierzig Minuten später saßen sich Jule und ihre Mutter in deren Dienstzimmer gegenüber. Schon beim forschen Eintreten Jules war ihr bewusst, dass Böses in der Luft lag. Nahezu zum Greifen war die Spannung, die auf einmal im Raum herrschte.

Was ist?, versuchte Ines den Bremsklotz zu lösen.

Der Zug kam ins Rollen.

Wie stehst du zu Hille? Ist er immer noch dein Freund, dein Geliebter?

Auf alles Mögliche war die Ines gefasst. Darauf nicht.

Zu Jules Unmut flog ein Lächeln über Mutters Gesicht. Langsam griff diese über den Tisch nach Jules ineinander verkrampften Hände. Die zog sie zurück, als hätte sie einen elektrischen Schlag erhalten. Mutter blieb ruhig. Sie holte tief Luft, bevor sie mit leiser Stimme zur Antwort ansetzte: Ja, es stimmt. Helmut, also Herr Hille, und ich kennen uns von früher. Noch bevor ich deinen

Vater kennengelernt hatte, war ich mit ihm befreundet. Gut ein Jahr lang gingen wir miteinander. Waren wir zusammen, wie man heute sagt.

Noch ehe Jule die Möglichkeit zur Nachfrage hatte, kam ihr ihre Mutter zuvor: Nein, miteinander geschlafen haben wir nicht. Das wolltest du doch wohl wissen.

Fast sanft blickte sie in die verwirrten Augen ihrer Tochter.

Dann setzte sie nach: Natürlich begegnen wir uns ab und zu in Pirna. Dann gehen wir auch mal zusammen in ein Cafè.

Beinahe herausfordernd sah sie jetzt ihre Tochter an: Das dürfen wir doch, Oder?

Nach dieser Abfuhr fühlte sich Jule absolut unfähig, einen klaren Gedanken zu fassen.

Hilflos sah sie ihre Mutter an. Was sollte sie ihr antworten?

Es brauchte eine Weile, bis sie hervorwürgte: Entschuldige bitte. Es tut mir leid. Nur, was ich nicht verstehe – weshalb hast du, wenn das alles so harmlos ist, mir nicht früher davon erzählt? Du hast doch ein reines Gewissen. Oder?

Kaum hatte sie den letzten Gedanken ausgesprochen, bereute sie ihn zutiefst. Elendig fühlte sie sich. Dumm und schlecht kam sie sich vor.

Ines kam ihr entgegen: Ja, möglicherweise war das ein Fehler von mir, dass ich dir verschwiegen habe, wie lange ich Hille kenne. Andererseits, jetzt wurde sie im Ton schärfer, erwartest du im Ernst von mir, dass ich dir gegenüber die Pflicht habe, alle meine Jugendschwärmereien aufzuzählen? Vielleicht möchtest du von mir noch wissen, wann ich mit wem geschlafen habe?

Mit aufgerissenen Augen und geöffnetem Mund starrte Jule sie an. Nein, natürlich nicht! Ich dachte nur, …

Augenblicklich wurde Ines' Stimme wieder ruhig: Jule, was ich dir sagen, dir versichern kann, ist, dass ich, nachdem ich deinen Vater kennengelernt hatte, mit niemandem mehr als nur mit ihm das Bett geteilt habe. Und was davor war – das kannst du mir glauben – ließe sich getrost an den Fingern einer Hand abzählen.

Beschämt blickte Jule ihre Mutter an. Gerade wollte sie zu einer Entschuldigung ansetzen, hob Ines wie zur Abwehr ihre rechte geöffnete Hand.

Auch das solltest du wissen: Ich hatte nicht vor, Hille zu schonen, ihm entgegenzukommen. Das bestimmt nicht. Er ist der Bürgermeister von Gohrisch. Seine Sache, wie er mit der Angelegenheit fertig wird. Mich interessiert das nicht im Geringsten.

Sie holte kurz tief Luft.

Mir ging es ausschließlich darum, dass ich dir von deinem Kommentar abgeraten hatte, weil ich verhindern wollte, dass dein Name im Zusammenhang mit dieser Geschichte von den Einheimischen gelesen worden wäre. Schließlich möchte ich mich auch in Zukunft mit Freunden und Bekannten des Ortes treffen und ihnen reinen Gewissens in die Augen schauen wollen. Denn wer weiß schließlich, wie die Folgen, was die Gästezahlen anging, aussehen werden, nachdem nun doch etwas in der Zeitung darüber zu lesen ist. Das verstehst du doch. Ja?

Noch immer war sie nicht fertig.

Was du auch wissen solltest: Was Hartung betrifft, wie und warum dieser Mensch so lebt, das geht mich weder etwas an, noch interessiert es mich sonderlich.

Jetzt lachte sie auf: Es war mir eben nichts Besseres eingefallen.

Anfangs erleichtert, nun doch etwas verstört, stand Jule auf. Spontan gingen die beiden Frauen aufeinander zu und umarmten sich. Dann trat Mutter einen Schritt zurück, nicht ohne ihre Tochter fest mit beiden Händen an den Schultern zu packen: Ich danke dir, sagte sie. Möchte nur wissen, wie alt wir werden müssen, bis es keinerlei Geheimnisse mehr zwischen uns gibt. Ob wir das jemals erleben werden?, sagte sie und hängte ein Lächeln an den letzten Gedanken an.

Jule erwiderte das Lächeln, wenngleich sie wusste, dass sie nun ehrlicherweise von ihrem ernsthaften Bemühen hätte berichten müssen, wie sie bestrebt war, hinter Harrys Geheimnis zu kommen. Vor allem aber hätte sie erklären müssen, was sie dazu trieb, dem Menschen Harry ohne jeglichen Hintergedanken helfen zu wollen.

Obwohl im Hause, mochte Jule Hartung nicht aufsuchen. Nur mit ihrer Freundin Ursula würde sie so schnell wie möglich ein Wörtchen reden müssen.

An den nächsten beiden Tagen war Jule ständig unterwegs.

Vor dem Hohensteiner Rathaus wollten Rathewalder Einwohner wegen des Windparks protestieren. Unterschriften wurden gesammelt, Transparente angefertigt. Ein Kamerateam des MDR Sachsen hatte sein Kommen angekündigt. Mit diesem Widerstand hatte wohl keiner der Oberen gerechnet. Eine gewisse Ratlosigkeit machte sich bei denen breit. Wie sollte man gegen diese Demonstranten, diese Quertreiber, vorgehen? Ungewiss, wie viel Volkeskraft zwanzig Jahre nach der Wende noch (oder wieder?) in den Menschen steckte. Unklar blieb die Beantwortung der Frage, wie längst entschiedene Beschlüsse – sprachlich verpackt als Vernunft, als Bürgernutzen, als ökologischer Weitblick – den Demonstranten am wirkungsvollsten, am überzeugendsten erklärt werden könnten.

Zwischendurch war Jule in Heidenau gewesen. Die Verantwortlichen des Malzwerks hatten offenbar eigenmächtig von Brüssel bewilligte EU-Fördergelder für nicht angegebene Investitionen abgezweigt. Persönlich bereichert hatte sich niemand. Nun wurde die Angelegenheit zum Fall für die Justiz.

Jule bekam also ausreichend Futter für ihre Berichte. Mit Lust hatte sie sich in die Arbeit gestürzt. Hartnäckig, wie selten zuvor, quetschte sie verbissen Antworten aus den Interviewten heraus.

Altmann musste zufrieden sein.

Nur, sie wusste wirklich nicht, oder sie wollte es nicht wahrhaben, dass ihr Arbeitseifer aus dem Wunsch geboren wurde, etwas zu verdrängen. Oder eher, es zu vergessen?

Nach der Aussprache mit Mutter hatte sie trotz aller Mühe, nicht die ersehnte Ruhe gefunden. Ablenken statt nachdenken.

Aus diesem Grund war für sie das Thema Gohrisch endgültig gestorben.

An beiden Tagen war keine Zeit für einen Besuch bei Harry gewesen.

Diesmal, als sie vor seiner Tür stand und anklopfte, kam sie ohne Geschenk. Für die nächsten Male, sofern es noch welche geben sollte, wollte sie es so halten. Um so mehr war sie erstaunt, dass sie, als sie von ihm auf den Balkon gebeten wurde, auf dem Tisch eine bunte Tischdecke ausgebreitet liegen sah. Jetzt verstand sie, weshalb ihr beim Eintritt ein ungewohnt erwartungsvolles Lächeln in Harrys Gesicht aufgefallen war.

Jule setzte sich. Harry kam einige Augenblicke später; in seinen Händen zwei Glas Wasser. Dann bat er Jule, von ihrer Arbeit zu berichten; immerhin sei sie zwei Tage nicht bei ihm gewesen.

Beinahe hätte sie sich entschuldigt für ihr Fernbleiben. Sie tat es nicht. Ein wenig nachdenklich wurde sie dennoch. Harry hatte widerspruchslos ihre Geschenke angenommen und benutzt.

Vase und Deckchen machen sich übrigens gut auf der Tischdecke, meinte sie halblaut.

In Gedanken dachte sie: Extra für mich war er von seinem schmucklosen Wohnungs-Dasein abgekommen?

Als hätte er Jules Murmeln nicht gehört, gab er ihr stattdessen, wobei er sie direkt ansah, zögerlich, doch unmissverständlich zu verstehen, dass er sie vermisst habe. Jule durchfuhr augenblicklich ein eigenwilliges Gefühl. Sie hatte richtig vermutet.

Wieder zeigte sich Harry als guter, dankbarer Zuhörer. Zu den Vorgängen im Heidenauer Malzwerk hob er lediglich die Schultern. Als sie vom Widerstand der Rathewalder berichtete, mochte er nicht schweigen. Zwar verstehe er deren Bedenken, andererseits sehe er allgemein in der Verlagerung der Energiegewinnung vom Atomstrom zur Nutzung der Windenergie einen guten, sich lohnenden Kompromiss. Zumindest sollten die Verantwortlichen gründlich darüber nachdenken. Nur, Windräder in einem Naturschtzgebiet – das gehe gar nicht.

Was es sonst noch gab?

Jule schwieg.

Obschon sie sich innerlich dagegen wehrte, Harry, einem Fremden, zu erzählen, was sie unaufhörlich nach der Auseinandersetzung mit ihrer Mutter beschäftigte, was sie einfach nicht aus ihrem Kopf bekam – sie tat es trotzdem: Wie eine Getriebene kam ich mir vor. Was das Schlimmste ist, ich habe ihr meine Zweifel – vom Vertrauen zu ihr – mit voller Wut ins Gesicht geschleudert. Ich habe an der Liebe meiner Mutter nicht nur gezweifelt. Ich hab sie gänzlich geleugnet. Habe ihr unterstellt, sie sei fremdgegangen, hätte meinen Vater hintergangen. Ist das nicht furchtbar? Kann ich das jemals wieder gutmachen? Wird Mutter mich je wieder richtig lieben können? Ich schäme mich so sehr!

Während ihrer letzten Sätze wuchs der Kloß in ihrem Hals so schmerzhaft an, wurde der Druck im Herzen derart heftig, dass sie ihre Tränen nicht mehr zurückzuhalten vermochte.

Harry legte der über den Tisch gebeugten Jule seine Hand auf die Schulter.

Mit unbeweglicher Miene hatte er ihrer Beichte gelauscht.

Danach Stille. Jule schwieg. Harry dachte nach.

Wenn du weißt, was du in deiner Mutter angerichtet hast, begann er schließlich, musst du sie wissen lassen, wie leid es dir tut. Wie leid es dir wirklich tut. Das darf kein bloßes Lippenbekenntnis sein. Zeige ihr, lass sie spüren, wie sehr du sie brauchst, wie sehr du sie liebst. Tue es bald!

Als er sah, wie Jule bei seinen Worten schluckte und noch immer mit den Tränen kämpfte, setzte er wieder sein Lächeln auf: Ich bin mir sicher, deine Mutter kann und wird dich verstehen. Denn Mutterliebe …

Mitten im Satz brach er ab und wurde ernst. Als schiene er von seinen eigenen Worten überrascht, verlor sich sein Blick in die Ferne. Nur für einen kurzen Augenblick warf er Jule einen Blick zu.

Eine Pause folgte.

Ich werde dir jetzt von mir und von meiner Mutter erzählen. Wir waren, wie man so sagt, eine normale, glückliche Familie. Und soweit ich mich zurück erinnere, ich kann mich beim besten Willen an keinen einzigen Streit zwischen meinen Eltern entsinnen. Immer waren sie sich einig. Wenn ich Mutter um etwas bat, sagte sie stets: Frag Vati! Fragte ich ihn als erstes, und er lehnte ab, ging ich in leiser Hoffnung zu Mutter. Ihre Antwort: Was hat Vati gesagt? Damit war die Entscheidung gefallen. Heute weiß ich, dass Vater die Familie dominierte. Er war Lehrer. Und das war das Kuriose: So streng er zu Hause war, so sehr hatte ihn seine pädagogische Art und Weise, seinen Beruf auszuüben, bei Schülern und Eltern gleichermaßen anerkannt und beliebt gemacht. Er verlangte viel, war aber geduldig und gerecht. Vielleicht vertrauten ihm gerade deshalb die Schüler, weil er alle gleich behandelte.

Harry unterbrach sich, trank einen Schluck, und zwinkerte Jule zu: Bei den Mädchen soll er aber doch ein wenig mehr Nachsicht gezeigt haben, hatte ich mal gehört. Ein von ihm typischer Ausspruch soll geheißen haben: Auch wenn ich die Mädchen bevorzugt habe, hab ich doch zugleich die Jungen stets gerecht bewertet.

Dann wurde er wieder ernst und rieb die Hände ineinander. Meine Mutter hatte keinen Beruf erlernt. Sie arbeitete in einem Kinderheim als Näherin.

Als Vertriebene mussten wir innerhalb Sebnitz' mehrfach umziehen. Ich selbst wurde in einem kleinen Haus eines Arztes geboren. Vier Pfund hab ich übrigens gewogen. Ein Onkel von mir soll gesagt haben, als er mich Winzling gesehen hatte, dass es am besten wäre, mich gleich auf einen Misthaufen zu schmeißen. Meine Eltern waren wohl optimistischer.

Geradezu andachtsvoll hatte Jule die ganze Zeit gelauscht. Ihr war nicht entgangen, wie sehr es Harry anstrengte, die passenden Worte für seine Erinnerungen zu finden. Als wolle er die Bitternis einer Wahrheit aussprechen, ohne jemanden zu verletzen.

Vater war nach kurzer Anleitung und Ausbildung in Sebnitz Neulehrer geworden. Dass wir Vertriebene dort bald eine für damalige Verhältnisse derart komfortable Wohnung in einem schönen, dreistöckigen Fachwerkhaus zur Miete erhielten, lag gewiss auch daran, dass damals das Ansehen eines Lehrers noch ein anderes als heutzutage war. Schon von der Straße aus vermittelte der Balkon, über dem ein mächtiger, hölzerner Hirschkopf samt Geweih thronte, einen Eindruck kolossaler Freiheit. Ein Eindruck, der in den Folgejahren absolut nichts an Intensität einbüßte. Bereits von der Straße aus, beim Betreten des Anwesens, welches durch ein imposantes Holztor erfolgte und über einen mit Betonplatten um das Haus gelegten Weg an die eigentliche Haustür führte, fühlte man sich vom Gesamtgrundstück eingenommen. Beeindruckend die beiden gewaltigen Eibenbüsche, die links und rechts des Eingangs mit ihren ausladenden Ästen zum Haus hin wucherten. Und die riesige Eiche erst, die das Haus um mehrere Meter überragte.

Kam man vom Treppenhaus der ersten Etage, in der wir wohnten, durch eine Doppeltür in die Küche, befand sich rechts das kaum mehr als zehn Quadratmeter große Kinderzimmer. Einen Nagel oder einen Haken für ein Bild in die Wand zu schlagen, war kein Problem. Das schaffte man problemlos mit dem Daumen: Die Wände bestanden zum Großteil aus Lehm. Geradewegs durch die Küche gelangte man ins Wohnzimmer. Dort wiederum führte rechts die Tür ins Schlafzimmer meiner Eltern. Ging man durch die Wohnstube, stand man in der mit vielen kleineren und größeren Fenstern versehenen Veranda, an die sich schließlich der bereits vorhin erwähnte Balkon anschloss. Sehr bald hatte mein Vater in der lichtdurchfluteten Veranda den Standort für seinen Schreibtisch entdeckt. Der Balkon – welch einen Ausblick bot er! Über die Straße fiel er direkt in das riesige Schaufenster des Fleischermeisters Lohse. Rechts säumten vier gewaltige Kastanienbäume den Parkplatz neben der Gaststätte »Sennerhütte«. Links führte die Aussicht über eine freie Rasenfläche, in dessen Hintergrund eine mächtige, ausgewachsenen Kiefer stand. Halb links vom Balkonblick stand quer zur Straße gegenüber ein größeres, weiß getünchtes zweistöckiges Haus. Weshalb ich das erwähne? Zu Christina, die in einem der oberen Fenster wohnte, konnte ich eine Zeitlang Kontakt aufnehmen. Etwa zwölf mochte ich gewesen sein. Ein hübsches Mädchen meines Alters war sie, mit großen dunkelbraunen Augen. Ihre glänzenden, schwarz gelockten Haare waren stets zu einem Pferdeschwanz gebunden. So sehe ich sie noch heute vor mir. Wegen einer Lungenerkrankung musste sie längere Zeit von zu Hause weg. Und nun durfte sie, weil sie sich schonen musste, die Wohnung nicht verlassen. Nur der Blick vom geöffneten Fenster aus ermöglichte ihr den Kontakt zur Außenwelt. Und die war stundenlang ich! So redeten wir miteinander, wenn ich am Gartenzaun im Gras vor ihr saß, oder ich machte Faxen, um sie aufzumuntern. Das alles vor einem einfachen Lattenzaun, der uns trennte und doch verband.

Harry hielt kurz inne, und Jule vermeinte in diesem Augenblick ein Lächeln über sein Gesicht huschen zu sehen, als er sagte: Ich glaube, da war ich zum ersten Mal in meinem Leben verliebt.

Dann wurde er wieder ernst: Ein paar Jahre später. Es war an einem Montag im Juni. Ich stand kurz vor meinem fünfzehnten Geburtstag. Ab September würde ich in die neunte Klasse der Heinrich-Heine-Schule gehen, um das Abitur ablegen zu können.

An jenem Montag kam ich vormittags von der Schule nach Hause. Den Schlüssel für die Wohnungstür hatten wir, da nicht jeder von uns einen Schlüssel besaß, im Flurfenster deponiert. Als ich nach ihm griff, fasste ich ins Leere. Dass die Tür abgeschlossen war, passierte zwar selten, aber es kam vor. So dachte ich mir nichts weiter, machte mich auf den Weg und fuhr mit meinem Fahrrad ins höchstens fünfhundert Meter entfernt gelegene Kinderheim. Mutters Arbeitskollegin indes meinte erstaunt, dass sie vor einer halben Stunde nach Hause gegangen sei. Sie habe über heftige Kopfschmerzen geklagt. Unsicher geworden, fuhr ich in die Wohnung zurück. Der Schlüssel fehlte noch immer, die Tür war abgeschlossen. So blickte ich ins Schlüsselloch und sah, dass der Schlüssel von innen steckte. Ich klingelte Sturm, rief nach meiner Mutter. Nichts. In meiner Not rannte ich die Treppen hinab und raste mit dem Fahrrad in die Schule, wo Vater unterrichtete. Im Schulgebäude lauschte ich an den Türen, bis ich seine Stimme vernahm. Ich riss die Tür auf, übersah seinen strafenden Blick und bat ihn, sofort heraus zu kommen. Ich berichtete, Vater schwang sich auf mein Fahrrad. So schnell ich konnte, rannte ich den gut einen Kilometer langen Weg zurück. Zu Hause angekommen, lag mein Fahrrad auf der Erde, und ich bemerkte, dass die Obstleiter am offenen Schlafzimmerfenster der Eltern angestellt war. Noch heute habe ich den Schrei meines Vaters im Ohr, als er den Namen von Mutter rief.

Sie lag tot in der Küche vor dem Gasherd, das Geschirrtuch, mit dem sie den Kopf bedeckt haben musste, in ihrer Hand.

Und dann – Harry zögerte und flüsterte leise: Dann sagte mein Vater zu mir, als wir in der Küche vor Mutter standen, dass man im Leben manchmal Mut haben müsse. Er fasste mich am Arm und wollte, dass wir Mutter folgen sollten.

Während der letzten Sätze hatte Jule kaum zu atmen gewagt. Fassungslos sah sie zu dem Mann, dessen Kopf und Schultern nach vorne gebeugt waren.

Was sie soeben gehört hatte, hatte sie so ergriffen, dass sie nicht wusste, ob sie etwas sagen oder doch besser schweigen sollte. Jule kämpfte mit sich. Als Journalistin steckte ihr im Blut, nachzufragen, einer Sache auf den Grund zu gehen. Das »Warum?« stand in der Luft. Durfte sie nachfragen? Andererseits, vielleicht erwartete Harry es.

Ohne es selbst recht zu begreifen, umfasste sie seinen auf der Tischplatte ruhenden Unterarm, in dessen Fingern die erloschene, halbgerauchte Zigarre.

Harry hob den Kopf. Als sich ihre Blicke trafen, erschrak Jule. Noch nie in ihrem Leben hatte sie in solch traurige Augen gesehen. So müde, ohne jeden Glanz sahen sie aus.

Schon reute es sie, dass sie nach dem Warum fragen wollte. Da gab er selbst leise und lang gezogen die Antwort: Ich weiß es nicht. Bis auf den heutigen Tag weiß ich es nicht.

Jule vernahm den Seufzer, als Harry innehielt.

Was es mir noch schwerer macht, fuhr er fort, irgendwann – ich weiß nicht mehr von wem – ist mir zugetragen worden, dass meine Mutter einen Abschiedsbrief geschrieben haben soll. Ich hab ihn nie zu Gesicht bekommen. Und falls es ihn wirklich gegeben hat – ich bin davon überzeugt, dass er existierte –, dann habe ich nie etwas über den Inhalt erfahren.

Was ich nicht verstehe, begann sie langsam, fast zögerlich, weshalb du deinen Vater nicht danach gefragt hast, als dir die Existenz des Abschiedsbriefes zugetragen wurde.

Genau das ist die Frage, die ich mir selbst tausendfach gestellt habe. Aber zuerst traute ich mich nicht, dann folgten Jahre, in denen ich es gar nicht wissen wollte. Da hatte ich mit mir selbst und mit meinem Leben zu tun. Und nun, wo mich diese Frage wieder zu interessieren beginnt, da ist es zu spät. Vor vier Jahren ist mein Vater gestorben und hat die Antwort mit ins Grab genommen.

Mehr zu sich selbst, als an Jule gerichtet, verwandelten sich seine Gedanken in eine Art Selbstgespräch. Hat sie es getan, weil sie seit Jahren an Migräne-Anfällen litt? War es wegen Vater? Gar meinetwegen? Ich weiß es nicht. Ich weiß es nicht. Ich weiß es wirklich nicht.

Altmann hatte Jule eine Nachricht hinterlassen. Statt nach Dresden in die Redaktion zur Besprechung sollte sie sich unverzüglich nach Hohnstein begeben. Dort schien sich etwas zusammenzubrauen.

In aller Frühe fuhr sie los. Das Wetter war grässlich. Die Scheibenwischer hatten alle Mühe, die Frontscheibe von den Regenmassen einigermaßen freizuhalten. Konzentriert schaute Jule auf die Straße. Im Hintergrund lief ein Sender mit klassischer Musik. Haydn, eine Symphonie. Wie sie hieß, wusste sie nicht. Uninteressant. Hauptsache weiche, sich harmonisch auf und ab wiegende Violinenklänge.

Sie mochte klassische Musik.

Dabei hatte sie das eigene Klavierspielen in eher schlechter Erinnerung.

Eines Tages hatte die Mutter sie, damals war Jule knapp sechs, in der Wohnstube auf den runden Drehstuhl vor den Flügel gesetzt, sie bedeutungsvoll angesehen und ihr dann die Grundbegriffe der Notenlehre erklärt: Es geht hurtig durch Fleiß. Hieß: E, G, H, D, F.

Von jenem Tag an musste Jule täglich für eine Stunde ans Klavier.

Zu allem Übel lag auf dem Kleiderschrank im Schlafzimmer der Eltern Vaters Geige in einem schwarzen Kasten. Nicht oft, doch hin und wieder spielten beide am Abend gemeinsam im Wohnzimmer.

Auch wenn Jule nur widerwillig täglich eine Stunde vor dem Flügel absaß, bewunderte sie doch heimlich die Fähigkeit ihrer Eltern, ein Musikinstrument zu beherrschen. Aber musste es ausgerechnet Klavier sein? Klarinette – das wäre das Richtige. Wäre ähnlich wie eine Flöte. Beim sonntäglichen Vormittagskonzert im Sommer unter den Kastanien der »Sennerhütte« hatte sie das schwarze Instrument zum ersten Mal gesehen und gehört. Hell und lustig die Töne, die der Musiker aus ihr hervorzauberte. Außerdem könnte sie das Instrument überall mit hintragen.

Der Regen hatte nachgelassen. Die Scheibenwischer waren auf normale Geschwindigkeit zurückgegangen und summten nun monoton hin und her. Ohne Eile durchfuhr sie in Pirna Richtung Lohmen.

Nach Vaters Tod hatte Ines die Hoffnung nicht aufgegeben, dass ihre Tochter mit zunehmenden Fortschritten doch noch Freude am Klavierspiel gewinnen könnte.

Doch nein, die Pflicht, täglich eine Stunde am Flügel sitzen zu müssen, während ihre Freundinnen draußen spielten, sah Jule es von Mal zu Mal immer häufiger als gemeinen Zwang, als Strafe an. Einmal wusste sie sich zu helfen, diese eine Stunde nach ihren Vorstellungen zu nutzen. An einem Nachmittag, da war sie etwa zehn, hatte Mutter wegen einer Besorgung nach Pirna gemusst. Jule sollte zu Hause bleiben, durfte nicht die Klavierstunde vergessen.

Als sie nun auf dem Hocker vor dem Flügel saß, sah sie auf die Uhr, hob den Tastendeckel hoch, entnahm das weiße, mit Kreuzstich versehene Tastenstaubtuch, legte es sorgsam zusammengefaltet rechts oben an den Rand des Flügels und tippte einmal auf die weiße C-Taste.

Dann ging sie in ihr Kinderzimmer und verbrachte dort die Zeit. Nach einer Stunde kehrte sie an den Flügel zurück, tippte erneut auf die C-Taste, legte das Staubtuch auf die Tastatur, klappte den Deckel herunter, stand auf und schob den Stuhl unter den Flügel.

Als Mutter vom Bus heimkam, konnte sie ihr, ohne lügen zu müssen, bestätigen, dass sie eine ganze Stunde geübt habe. Wie lange die Pause zwischen dem ersten und dem zweiten Ton gedauert hatte, musste sie schließlich nicht erklären.

Über die Jahre war Jule soweit gekommen, dass sie im Notenbuch unter Mutters Anleitung Händels »Largo« und Schumanns »Träumerei« in Angriff genommen hatte. Gefiel ihr auch diese Musik, sie selbst zu erlernen, blieb ihr eine Qual. Wieder und wieder übte sie die gleichen Stellen, die stets aufs Neue misslangen. Talent haben war wohl etwas anderes.

Dann kam das Aus. Mitten hinein in die pubertäre Phase. Nach einer kurzen, aber fürchterlichen Auseinandersetzung war Schluss gewesen. Seitdem hatten Jules Finger nie wieder die Tasten eines Klaviers berührt. Den Flügel hatte Mutter bei ihrem Auszug mit in die Pirnaer Wohnung genommen. Wie gesagt, Jules Liebe zur klassischen Musik war ihr trotz allem nicht abhanden gekommen.

Nach zehn Minuten hatte der Regen gänzlich aufgehört.

Sie fragte sich, ob Harry auf klassische Musik stand? Passen würde es zu ihm. Ob er ein Instrument spielte? Gar Klavier?

Seit sie am Vorabend die Seniorenresidenz verlassen hatte, war ihr der Mann nicht mehr aus dem Kopf gegangen. Die tragische Geschichte seiner Mutter war das eine, das sie beschäftigte. Nun ließ es ihr aber auch keine Ruhe mehr, wie von ihm gefordert, sich bei Mutter zu melden. Sehr bald, darauf hatte er bestanden. Dabei tat Jule sich schwer, Mutterliebe und die offenbar dazu gehörende Geduld zu verstehen. Was weh tat – im Nachhinein musste sie sich eingestehen, dass kein Wort des Vorwurfs über Mutters Lippen gekommen war, als diese des vermeintlichen Fremdgehens beschuldigt wurde. Nur Jules Rechtfertigung, dass sie selbst keine Mutter war, blieb ihr. Sie würde es gewiss auch nicht mehr werden wollen. Die Entscheidung, der Wunsch nach einer eigenen Familie, war ihr damals nach der bitteren Enttäuschung mit abgenommen worden. Mit zunehmender Lust und dem Erfolg in ihrem Beruf waren Hoffnung und Sehnsucht nach einem Ehepartner schließlich ganz ausgeblieben. Wie sonst hätte sie ein solch freies, ungebundenes Leben führen und genießen können? Die Bewunderung für ihre Mutter blieb.

Hohnsteins Silhouette tauchte auf. Jule beugte sich nach vorn, sah durch die Frontscheibe und bemerkte zu ihrer Erleichterung, dass die Wolkendecke blauen Himmelsflecken Platz gemacht hatte. Sie hasste es, unter einem Regenschirm ihrer Arbeit nachzugehen. In einer Seitenstraße vor dem Marktplatz fand sie nach längerem Suchen endlich eine Parklücke. Sie stieg aus, zündete sich eine Zigarette an und inhalierte ein paar Mal kräftig. Dann warf sie sie auf die Straße, trat darauf und schob sich ein Eukalyptusbonbon in den Mund. Es war kurz vor elf Uhr, als sie sich dem Platz näherte. Stimmengewirr und das schrille Geräusch von Trillerpfeifen nahmen zu.

Jule war überrascht von der Menschenmenge. Nicht nur aus der unmittelbaren Umgebung hatten sich Demonstranten eingefunden. Die Namen der verschiedenen Ortschaften und Regionen auf Schildern und Transparenten verrieten, dass die Unsicherheit, die Ängste, die die Atomwende mit sich brachte, weiter in der Bevölkerung verbreitet waren, als angenommen. Kamenz, Erzgebirge, Oybin notierte Jule. Altmanns Kalkül, neben ihr noch weitere Mitarbeiter der Zeitung loszuschicken, war ganz offensichtlich aufgegangen.

Zunächst wollte sie sich am Rand aufhalten. So war es einfacher, die Meinungen Einzelner einzufangen. Später dann, so ihr Plan, würde sie in die Menge drängen, um die Stimmung hautnah mitzuerleben. Beim Schreiben des Artikels könnte sie dann am überzeugendsten einen unmittelbaren Eindruck wiedergeben. Hinzu kämen einzelne, typische Sequenzen der Reden, die laut über das Mikrofon gesprochen wurden.

Jule begann mit ihrer Arbeit. Ein Mann um die dreißig mit einem Kind auf dem Arm stand nur wenige Schritte neben ihr: Ich bin Journalistin der »Sächsischen Nachrichten«. Darf ich Sie fragen, weshalb Sie mit Ihrem Sohn hierher gekommen sind?

Während der Nachhausefahrt überlegte Jule.

Ja, es passte. Heute war Donnerstag. Morgen würde sie den ganzen Tag in der Redaktion verbringen. Samstag wären die lästigen, aber längst notwendigen Hausarbeiten an der Reihe. Nicht vorstellbar, wie Frauen früher ohne Waschmaschine und Staubsauger zurechtkamen. Und das lag nicht einmal fünfzig Jahre zurück!

Übers Internet hatte Jule für Samstagabend zwei Karten für die Semperoper in Dresden reservieren lassen. Die Logenplätze waren längst ausverkauft. Immerhin, Parkett, fünfte Reihe - Mutter sollte Mozarts Singspiel »Die Zauberflöte« genießen können.

Als sie Mutter abends anrief, war deren Stimme – wie schon bei den letzten Gesprächen – freundlich, und doch meinte Jule, etwas Abwartendes, Zögerliches herauszuhören. Es stimmte, Harry hatte recht mit seinem Hinweis, sie müsse sich ihrer Mutter gegenüber absolut offen zeigen.

Auf ihre Einladung hin hörte Jule am anderen Ende für ein paar Sekunden nur heftiges Atmen. Dann war es, als sei soeben eine Bremse gelöst worden, so sprudelte es aus Mutter heraus: Das ist ja toll! Ach, ich freu mich so. Mit dir gemeinsam in die Semperoper gehen. Das ist ein Traum. Dazu noch Mozart!

Plötzlich schwieg sie. Jule ahnte Schlimmes.

Mein Gott, rief die Mutter ins Telefon, was soll ich da bloß anziehen!

Nach dem Bruchteil einer Sekunde hauchte sie nur noch: Danke! Und legte auf.

Danke, Harry, ging es Jule durch den Kopf. Wie wenig Mut und Phantasie braucht es doch, um auf einen anderen Menschen zuzugehen, ihn und sich selbst von seinen Zweifeln zu befreien.

Der historische Stadtkern von Dresden ist geradezu übersät mit baulichen Meisterwerken. Neben dem Zwinger, mit dessen wunderschönem Kronentor, welches das eigentliche Wahrzeichen der Stadt darstellt und der weltberühmten Gemäldegalerie, zählen unbestritten die katholische Kathedrale – vormals Hofkirche genannt – und auch die Brühlsche Terrasse, mit ihrem grandiosen Blick über die Elbe hin zur Neustadt, zu den Wunderwerken genialen Schöpfertums. Linker Hand der Stufen zur Brühlschen Terrasse führt die Augustusbrücke hinüber zur Dresdener Neustadt, an deren Eingang der Goldene Reiter den Besucher rücklings empfängt. Die auf einem hohen Sockel thronende Figur ist kein Geringerer als der Sachsenkönig, August der Starke, selbst.

Hinter der Brühlschen Terrasse prangt stolz ein aus Meißner Porzellan gefertigter Fürstenzug, 102 Meter lang und 10,5 Meter hoch. Dargestellt ist das Wettiner Fürstengeschlecht von 1127 - 1873. Aufgemalt und gebrannt in über zwanzigtausend Fliesen, zu besichtigen an der Außenseite des ehemaligen Stallhofes des Residenzschlosses.

In der Aufzählung der historischen Prachtbauten dürfen neben der wiedererbauten Frauenkirche das Grüne Gewölbe, das Italienische Dörfchen, das Albertinum, die Kunsthochschule mit der Glaskuppel – ihrer Form wegen »Zitronenpresse« genannt –, das Schloss und die Kreuzkirche nicht fehlen. Und die Semperoper!

Letztere hat, wie fast alle aufgezählten Kunstwerke, eine schmerzhafte Vergangenheit hinter sich. Als Baubeginn des damaligen Königlichen Hoftheaters, eines Rundbaus, der sich in seiner Form an der italienischen Frührenaissance orientierte, wird das Jahr 1838 genannt. Die Leitung lag in den Händen des Baumeisters Gottfried Semper. Knapp dreißig Jahre nach seiner Fertigstellung im Jahre 1841 wurde das Bauwerk 1869 durch einen Brand nahezu völlig zerstört. Kunstliebend, wie die Dresdener es sind und waren, begannen bereits nach vier Wochen die ersten Arbeiten für einen Neuaufbau. Im Dezember, nach nur sechs Wochen, war die Wiederherstellung abgeschlossen. Zur Eröffnung stand Goethes »Iphigenie auf Tauris« auf dem Spielplan. Nicht verschwiegen werden sollte, dass der Volksmund dem Bau wegen seiner doch recht primitiven Konstruktion im Volksmund recht bald die liebevoll gemeinte Bezeichnung »Bretterbude« verpasste.

Das alles konnte Semper selbst nicht miterleben, da er als Teilnehmer der Dresdener Maiaufstände 1849 ins Ausland fliehen musste. Dort wirkte er weiterhin als geachteter Baumeister. So entstand unter anderem unter seiner Leitung das weltberühmte Wiener Burgtheater.

Mit ihrer »Bretterbude« waren die Dresdener verständlicherweise nicht lange glücklich. Obwohl Semper noch immer nicht nach Sachsen reisen durfte, gab er den Bitten und Wünschen der Dresdener Bevölkerung nach und entwarf vom Ausland aus ein neues Gebäude. Sein ältester Sohn, Manfred Semper, überwachte den Bau, mit dem 1871 begonnen und der nach sieben Jahren fertiggestellt wurde.

Doch dies sollte nicht der letzte Schicksalsschlag sein. Am 13. Februar 1945 kannten die anglo-amerikanischen Bomben mit der gesamten Kulturstadt Dresden kein Mitleid. Die Frage nach moralischer Schuld oder Rechtfertigung kann nur schwer beantwortet werden. Die einfachste lautet: Es war Krieg.

Unmittelbar nach Kriegsende machte sich die Dresdener Bevölkerung daran, ihren über alles geliebten Zwinger wieder einigermaßen herzustellen. Die Semperoper musste bis zum Jahr 1977 warten, ehe in ihr die Grundsteinlegung für den Wiederaufbau stattfand. Auf den Tag genau, vierzig Jahre nach seiner Zerstörung, wurde der Bühnenvorhang für die erste Aufführung, Carl Maria von Webers »Der Freischütz«, aufgezogen.

Doch noch immer war die Leidenszeit der Semperoper nicht vorbei. Nach dem Jahrhundert-Hochwasser im August 2002 wurden unglaubliche 27 Millionen Euro benötigt, um sie in ihrer heutigen Pracht wiedererstehen zu lassen. Nur drei Monate hatten die Renovierungsarbeiten gedauert, dann begann die Ballett-Aufführung »Illusion – wie Schwanensee«.

In der Pause am Ende des ersten Aktes nach siebzig Minuten brachte Jule zwei Gläser Sekt zu Ines am hochbeinigen runden Tisch im Foyer. Lächelnd prosteten sie einander zu.

Danke, sagte Ines, nachdem sie ihr Glas wieder abgestellt hatten. Du ahnst gar nicht, was für eine Freude du mir machst. Einen Traum hast du mir erfüllt!

Verlegen lächelte Jule ihr zu, räusperte sich und gestand: Weißt du, eigentlich ist das gar nicht meine Idee gewesen. Harry, also Herr Hartung, der hat mich darauf gebracht.

Die Überraschung in Mutters Gesicht war nicht zu übersehen.

Noch ehe Jule die Sache aufklären konnte, kam ihr ein dezenter Gong zu Hilfe, der die Besucher bat, im Saal die Plätze wieder einzunehmen.

Wortlos tranken sie ihre Gläser leer und gehorchten dem Gong.

Während sie wieder Platz genommen hatten, empfanden beide, dass sich in ihnen, durchaus beeindruckt von diesem gewissermaßen »Fluidum höheren Geistes«, die Bereitschaft freigeschaufelt hatte, einander als gleichberechtigte Frauen mit ihrem Eigenleben zu respektieren.

Schon bald breitete sich Dunkelheit über den Saal, der Vorhang hob sich für den zweiten Akt.

In der dritten Szene liegt Pamina schlafend da. Ihre Mutter –

Königin der Nacht – kommt, weckt sie und verlangt von ihr, dass sie Sarastro töten müsse. Tue sie es nicht, würde sie verstoßen werden.

Als die Arie »Hölle kocht in meinem Herzen« intoniert wurde, griff Ines nach der Hand ihrer Tochter. Augenblicklich überzog deren gesamten Körper eine Gänsehaut. Mit einem Male glaubte Jule zu verspüren, dass sich eine Art Panzer von ihr gelöst hatte. Voll innerer Ruhe schloss sie die Augen. Wie eine Idee eben so ihre Angewohnheit hat, mir nichts, dir nichts im Gehirn aufzutauchen, kam Jule eine eben solche spontan: Fortan wollte sie Mutter nicht mehr mit deren Vornamen, sondern mit Mutter ansprechen. Sie hat es so verdient, sagte sie sich, schließlich ist sie meine Mutter.

Während der Rückfahrt nach Pirna erzählte Jule von ihren Besuchen und den Gesprächen bei Harry.

Weshalb er so ungewöhnlich wohnt, weißt du aber nicht, schlussfolgerte Mutter.

Nein. Aber ich glaube, es wird nicht mehr lange dauern. Jule legte eine kurze Pause ein. Ich bin überzeugt, dass er froh sein wird, wenn er den Schlüssel für dieses schwere Tor gefunden hat, um es endlich öffnen zu können.

In Gedanken versunken, saß Jule Sonntagvormittag zum Frühstücken auf ihrem Balkon.

Nachdem sie am Abend ihre Mutter nach Hause gefahren hatte, war sie in ihrer Königsteiner Wohnung noch für eine halbe Stunde wach geblieben. Mit einem Glas Rotwein und einer Zigarette hatte sie zufrieden auf ihrer Ledercouch gesessen und die Harmonie der vergangenen Abendstunden Revue passieren lassen, sie zutiefst genossen.

Mit einem kurzen, energischem Schlag köpfte sie das Frühstücksei.

Noch war sie unschlüssig, was sie mit dem Tag anzufangen gedachte. Die Absicht, Ursula anzurufen, verwarf sie bald. Dann, ein anderes, ein geradezu kühnes Vorhaben war ihr in den Sinn gekommen, machte sich ein Schmunzeln über ihrem Gesicht breit.

Kurz nach elf saß Jule in ihrem Auto. Die Fensterscheiben heruntergelassen, fuhr sie die wenigen Kilometer durch das Waldstück nach Gohrisch. Zehn Minuten später parkte sie in der Pfaffendorfer Straße vor einem hellgelben Haus. In ihrer Linken hielt sie eine Flasche Rotwein, um dessen Hals sie, mehr provisorisch, eine dunkelblaue Schleife gebunden hatte. Einige Sekunden lang verharrte ihr rechter Zeigefinger auf dem weißen runden Klingelknopf. Dann drückte sie zu und vernahm im Inneren des Hauses eine kurze leise Melodie. Sichtlich überrascht stand Hartmut Hille in der Tür.

Erstaunlich schnell hatte er sich wieder unter Kontrolle und bat Jule hereinzukommen. Jule betrat eine auffallend saubere, aufgeräumte Wohnung.

Seit vier Jahren, nachdem Hilles Frau ausgezogen war, lebte er allein in diesem Haus. Geschieden waren sie noch immer nicht. Beide drängten auch nicht darauf. Einen genauen Grund, weshalb sie nicht mehr zusammenlebten, konnte keiner von ihnen nennen. Sie hatten sich einfach auseinander gelebt. Leise und langsam war das Bedürfnis, den anderen in die Arme schließen zu wollen, ausgeblieben, war einfach abgestorben. Seit Jahren bereits war das gegenseitige Ertasten im Bett, war das sexuelle Verlangen nach dem Anderen ausgeblieben. Überhaupt wurde nur noch das Notwendigste besprochen. Selbst das gemeinsame Frühstück war zu einem Ritual ohne Kommunikation verkommen. Den entscheidenden Wendepunkt hatte ihre Silberhochzeit eingeleitet, eine Feier ohne jegliches Herzblut. Den wenigen Gästen war schnell bewusst geworden, wie es um die beiden stand, und so hatten sich alle spätestens nach dem Kaffeetrinken – peinlich lächelnd – verabschiedet. Das Abendessen wurde kurzfristig abbestellt. Nur noch zu zweit saßen sie, Kinder hatten beide nicht gewollt, in ihrer Wohnstube und sahen fern. Ein halbes Jahr später hatte Hilles Frau eines Tages ohne jegliches Pathos verkündet, zu ihrem an Alzheimer erkrankten Vater ziehen zu wollen, der seit dem Tod seiner Frau am lediglich einen knappen Kilometer entfernten Dorfplatz wohnte. Der Umzug vollzog sich still und wurde von den meisten Dorfbewohnern gar nicht wahrgenommen. Ingrid Hille ließ ihren Mann, der inzwischen Bürgermeister geworden war, nicht im Stich. Regelmäßig wusch sie seine Sachen, und sie sah zudem hin und wieder in seiner Wohnung nach dem Rechten.

Gewiss kannte Jule Hille vom Sehen her. Doch konnte sie sich nicht daran erinnern, dass sie einmal ein Wort miteinander gewechselt hätten.

Während er sie ins Wohnzimmer führte, kam ihr der Gedanke, dass Mutter sich vielleicht, wenn sie sich mit ihm in einem Café getroffen hatten, von ihr erzählt hatte. Womöglich wusste er mehr über sie, kannte er sie besser, als ihr lieb war?

Hille jedenfalls erweckte den Eindruck, als sei er geradezu erfreut über ihren Besuch.

Schön, dass Sie endlich einmal den Weg zu mir gefunden haben, sagte er freundlich und hieß sie Platz nehmen. Erleichtert schielte Jule auf den Aschenbecher, der auf dem Tisch stand. Darf ich?, fragte sie und zog die Zigarettenschachtel aus ihrer Tasche. Sicher, antwortete er lachend, ich rauche doch selbst, und nahm die ihm angebotene Zigarette an. Schweigend machten beide die ersten Züge. Dann meinte er: Wollen wir beim »Sie« bleiben oder …? Ich denke, im Grunde genommen kennen wir uns lange genug.

Vor allem über meine Mutter, lag es Jule auf der Zunge. Letztlich beließ sie es beim: Ja, gerne.

Das also war Mutters Jugendfreund, ihre Jugendliebe. Wie er wohl vor vierzig Jahren ausgesehen haben mochte, überlegte sie. Volles, womöglich schulterlanges Haar? Natürlich auch ein Fan der »Beatles«? Heute hatte er die spärlich glatten, dunkelblonden Haarsträhnen streng nach hinten gekämmt. Grau und kurz geschoren waren die Schläfen, wobei er den Koteletten ausreichend Platz in Breite und Länge gestattete. Ein letztes Überbleibsel seiner Jugendzeit, vermutete Jule. Wegen seiner offensichtlichen Weitsichtigkeit saß die randlose Brille ein wenig nach unten gerückt auf seiner dicklichen Nase. Über den Lippen wucherte ein mächtiger Bart, der fast noch die Unterlippe verdeckte. Ob Mutter das gefiel? Naja, küssen würden sie sich eh nicht mehr.

Erwartungsvoll sah Hartmut sie an. Jule nahm den Faden auf. Das Thema Mutter wollte sie von sich aus nicht ansprechen. Wenngleich es natürlich unausgesprochen zwischen ihnen stand.

Weshalb ich gekommen bin? Meinen Artikel über den hiesigen Munitionsfund im Hirschkengrund hatte mein Chef damals zurückgezogen. Mich würde interessieren zu erfahren, was mit den Pirnaer Jugendlichen geworden ist. Von ihnen hat man gar nichts gehört. Hatten sie tatsächlich etwas gefunden und mitgenommen?

In Hilles Gesicht blieb die Freundlichkeit, trotz der offensichtlichen Herausforderung.

Als Journalistin bist du also hier aufgetaucht. Ich hätte es wissen müssen!

Augenblicklich bereute Jule ihre Dummheit.

Nein, beteuerte sie, ich bin ganz privat hier. Nichts von dem, was du mir berichten würdest, käme in die Zeitung.

Nach einer kurzen Pause fügte sie hinzu: Das Thema ist mir übrigens von Altmann entzogen worden.

Dass Mutter im Grunde genommen diejenige war, die sie davon abgehalten hatte, verschwieg sie.

Nun, Hille musste ihr wohl glauben, denn er berichtete jetzt ausführlich, dass die Jugendlichen tatsächlich in der Sandkuhle Munition gefunden hatten. Es hatte aber zum Glück nicht lange gedauert, bis sie geschnappt worden waren. Außer ein paar verrosteter Patronen hatten sie angeblich nichts mitgenommen. Gewiss auch zum Glück für sie. Um die ganze Sache nicht unnötig aufzubauschen, hätte er Altmann darum gebeten, nachdem in der Zeitung Grubers Artikel erschienen war, nichts mehr darüber zu veröffentlichen.

Nach dem letzten Satz frohlockte Jule innerlich: Gruber hatte einen Maulkorb verpasst bekommen!

Trotzdem war sie noch immer unzufrieden. Deshalb setzte sie nach: Was ich aber doch gerne wüsste, ist, von wem die Munition stammt und wie sie überhaupt dorthin gelangt ist. Gibt es da Erkenntnisse?

Hille schien einen Augenblick nachdenken zu müssen.

Am 8. Mai 1945, dem letzten Kriegstag, begann er, hatten sowjetische Granaten den Gohrischer Dorfplatz getroffen, ohne allerdings – zum Glück! – Schaden anzurichten. Daraufhin sollten durch den »Deutschen Volkssturm« auf eben diesem Dorfplatz Artilleriegeschütze stationiert werden. Durch eine List zweier beherzt agierender Gohrischer Männer konnte dies verhindert werden. Noch am gleichen Tag endete bekanntlich der Zweite Weltkrieg. Die Russen besetzten am 9. Mai das weißbeflaggte Dorf. Im Juni kam der Befehl durch die Sowjetische Militäradministration in Deutschland, dass alle Waffen abzugeben seien. Diese wurden außerhalb des Ortes, am Fuße des Papststeins, gesprengt. Doch nicht alles war damit vernichtet worden. Es gab noch vielerlei Fundmunition und Waffen, die erst nach und nach entdeckt wurden. Frauen des Ortes mussten sie unter Aufsicht der Russen säubern. Das geschah im Hirschkengrund. Wie und warum Patronen, Granaten, selbst Pistolen dort in der Sandkuhle vergraben wurden, kann nur noch gemutmaßt werden. Wahrscheinlich existierten noch immer Gedanken in den Hirnen einiger, die nicht begreifen konnten, dass der Krieg endgültig vorbei war. Die amtlichen Gohrischer Behörden hatten im Laufe der Jahre und Jahrzehnte diese gefährliche Stelle aus ihrem Bewusstsein gestrichen.

Hartmut sah Jule ins Gesicht: Zufrieden?

Dieser spürte, wie sie errötete.

Ja, danke!, brachte sie heraus.

Nun, fuhr er fort, es ist also nichts Geheimnisvolles dabei. Andererseits bin ich überzeugt, dass es weder sinnvoll noch notwendig ist, die Vorkommnisse mit den Pirnaer Jugendlichen an die große Glocke zu hängen. Wem würde das schon nützen? Außer der Presse natürlich …!

Blick vom Gohrischstein auf Gohrisch mit Lilienstein

Beim letzten Satz war sein Grinsen nicht zu übersehen.

Jule ihrerseits verstand diesen Wink. Das Thema war erledigt.

Erleichtert, zugleich ein wenig zögerlich, räusperte sie sich und sah ihren Gegenüber mit hochgezogenen Augenbrauen an.

Wenn ich ehrlich bin, eigentlich bin ich hierher gekommen, weil ich dich näher kennenlernen wollte. Ich habe tatsächlich erst vor Kurzem erfahren, dass du und Mutter Jugendfreunde seid und dass eure Freundschaft bis heute angehalten hat. Das freut mich.

Nach gut zwei Stunden verließ Jule Hilles Wohnung. Ohne Zweifel, mit diesem Besuch war eine nicht unwesentliche Lücke mit einem für sie wichtigen Menschen geschlossen worden.

Zufrieden rollte sie bergab Richtung Königstein. Was Hille nicht wissen, nicht einmal erahnen konnte: Die gesamte Zeit über hatte in Jules Hinterkopf der Gedanke gehockt, dass sie, wenn auch nur für eine sehr kurze Zeit, von ihrem Gegenüber tatsächlich einmal ernsthaft geglaubt hatte, er könnte ihr Erzeuger sein. Vergnügt schlug sie mit beiden Händen auf das Lenkrad. Ja, ihre brennende Neugier war aufs Beste befriedigt!

Ihr Magen meldete Hunger an. Sie überlegte: Festung oder Bastei? Der kürzere Weg sprach eindeutig für die Festung Königstein. Eine knappe Dreiviertelstunde später saß sie im Freien auf einer der etwa zweieinhalb Meter langen Holzbänke, welche einen Tisch beidseitig säumten. Sowohl vor Regenschauern als auch vor übermäßiger Sonnenbestrahlung schützte eine ebenfalls hölzerne Spitzdach-Konstruktion. An der Selbstbedienungstheke hatte sie sich für Currywurst mit Pommes entschieden und dazu ein Radeberger Pilsener bestellt.

Nachdem sie mit dem Essen fertig war, stand sie auf und steuerte auf das Brunnenhaus zu. Die Menschenschlange davor ließ sie augenblicklich umdisponieren. Statt sich ewig lange anzustellen – Jule war schon etliche Male im Brunnenraum gewesen –, setzte sie sich auf ein nur wenige Meter entferntes Rasenstück. Genüsslich streckte sie die Beine aus und genoss mit geschlossenen Augen hinter ihrer Sonnenbrille den Augenblick. Was für ein schöner Tag, dachte sie, so wunderbar sonnig und warm!

Genau solch angenehme Temperaturen – ohne einen einzigen Regentag selbstverständlich! – würde sie Ende August vierzehn Tage lang erleben können, wenn sie am südöstlichen Zipfel der Insel Rhodos am Kiotari-Strand liegen würde. Das gleiche Hotel »Rhodos Maris« wie vor einem Jahr hatte sie gebucht. Noch gab es dort lediglich drei Hotels und eine winzige Einkaufsstraße mit nur wenigen Geschäften. Nur bezweifelte sie, diese relative Abgeschiedenheit wiederzufinden. Die Baustellen zweier neuer Hotels waren im vergangenen Jahr nicht zu übersehen gewesen. Griechenland zählte nicht zu den reichsten Ländern Europas. Wer konnte es ihnen verdenken, wenn sie dem boomenden Tourismus nachgaben? Abends würde Jule in einer Taverne im Freien Cocktails trinken und sich den lauen Wind durchs Haar streichen lassen. Allein wollte sie sein, Ruhe finden, Kraft tanken. Sollte sich eine angenehme Bekanntschaft ergeben, sie wäre nicht abgeneigt. Bloß keine Verpflichtungen eingehen! Schließlich wäre sie im Urlaub, und dabei sollte es auch bleiben.

Alles passte. Jule hatte etwas Persönliches über Hille erfahren und wie nebenbei von ihm die genaueren Umstände der vergrabenen Munition erklärt bekommen.

Noch war es zeitiger Nachmittag. Eigentlich hätte sie alles Mögliche unternehmen können. Trotzdem legte sich ein eigenwilliger Schatten über sie, erinnerte sie daran, dass es da noch eine Aufgabe gab.

Harry lächelte, als er Jule in der Tür empfing.

Beide sahen sich eine Weile stumm an.

Du hattest, wie du mir erzähltest, Angst vor deinem Vater, brach Harry das Schweigen. Weil er eine Uniform trug. Damals kanntest du den Unterschied zwischen einer guten und einer bösen Uniform nicht. Nun ja, inzwischen weißt du es bestimmt.

Ich denke schon. Hoffe ich jedenfalls.

Mir geht es nicht um deine Angst vor dem Erscheinungsbild von Uniformen. Ich meine bloß, dass du diese, sobald du eine erblickst, mit einer negativen Erinnerung an deinen Vater in Verbindung bringst. Tust du ihm da nicht Unrecht?

Harry suchte nach den richtigen Worten. Was ich sagen will: Auch ich habe Angst vor meinem Vater gehabt. Nur aus gänzlich anderen Gründen.

Wir hatten damals, wie ich bereits erwähnte, in Sebnitz eine Wohnung zugewiesen bekommen, in der ich mein eigenes Zimmer hatte. Es war sehr klein. Lediglich mein Bett und ein schmaler brauner Kleiderschrank, an dessen unterem Ende sich eine längliche Schublade befand, hatten Platz darin. In dieser hatte ich alle meine Spielsachen aufbewahrt. Eines Tages kam mein Vater zu mir ins Kinderzimmer, zog die Lade auf und verlangte von mir, dass ich in diesem Schubfach Ordnung herstellen solle. Damals war ich vielleicht zehn oder elf …

Etwa eine Woche später passierte es. Ich kam gerade nach Hause und fand unseren Wäschekorb in meinem Kinderzimmer vor. Vater kam herein. An seinem Gesichtsausdruck, mehr noch an seiner harten Stimme erkannte ich sofort, dass etwas Schlimmes in der Luft lag.

Gelegenheit und Zeit hattest du. Da dir deine Spielsachen offensichtlich nicht wichtig sind, darfst du sie alle in den Wäschekorb werfen. Da benötigen sie keine Ordnung. Vor dem Haus unten hab ich dir unseren Leiterwagen bereitgestellt. Den Ort, wo du ihn entleeren wirst, kennst du ja.

Ohne eine Reaktion abzuwarten, verließ Vater das Kinderzimmer und schloss die Tür hinter sich.

So habe ich unter bitterem, leisem Weinen alle meine Spielsachen, wie Autos, meinen Teddy, Kartenspiele, selbst Bilderbücher usw. in den Korb gelegt. Zu »Kühns Loch«, so wurde die Schutthalde genannt, bin ich danach losgefahren.

Entsetzt hatte Jule zugehört und Harrys Lächeln nicht begriffen.

Ja, sagte er, das war mehr als schlimm für mich. Aber, fügte er hinzu, ich hab mich damals auch schon ein wenig zur Wehr gesetzt. Ich hatte nämlich mein schönstes Spielzeugauto, ein Mercedes-Schwungrad-Auto, das ich aus dem Westen zu Weihnachten geschenkt bekommen hatte, versteckt und einem Freund aus meiner Klasse, der im Kinderheim war, geschenkt. Aber das war noch nicht alles. Zu jener Zeit hatte ich gerade mit dem Malen begonnen. Meine Zeichnungen hatte ich ebenfalls in dem Schubfach aufbewahrt. Doch diese hatte ich nicht mit in die Abfallhalde genommen, sondern ich hatte sie zerrissen und zerknüllt in den Abfalleimer unserer Küche geschmissen. Als meine Eltern das mitbekamen, meinten sie, dass ich das natürlich nicht hätte tun sollen. Darauf ich: Ihr habt gesagt, dass ich alles aus meinem Schubfach wegwerfen müsse. Nachdem ich daraufhin in mein Zimmer gegangen war, hörte ich meine Mutter zu Vater sagen: Ich glaube, jetzt sind wir wohl doch ein wenig zu weit gegangen!

Jule schluckte, wusste nicht, was sie sagen sollte.

Harry stand auf, ging in die Wohnung. Als er zurückkam, hielt er zwei Sektgläser und eine kleine Piccoloflasche in der Hand.

Lass uns den schönen Tag begießen!, sagte er und goss den Sekt in Jules Glas. In seins füllte er Selterwasser.

Dann stießen sie miteinander an.

Weshalb nur, ging es Jule durch den Kopf, erzählte er ihr alle diese Sachen?

Wenn dieser Mann, wie er sich vor ihr gab, in seinem Leben tatsächlich so freundlich, so unschuldig war, weshalb dann diese Geheimniskrämerei? Immerhin, hätte er nicht ein solches Vertrauen zu ihr gefasst, hätte er kaum so vieles von sich preisgegeben. Jule stellte sich die Frage, ob er jemals dazu bereit wäre, auch die letzte Tür, die in sein Innerstes führte, zu öffnen. Dass Hoffnung dazu bestand, hatte er schließlich mehr als nur angedeutet.

Längst war sich Jule bewusst, dass sie ihre Besuche nicht mehr ohne Weiteres beenden konnte. Sie musste sich gestehen, dass sie auch nicht die Absicht dazu hatte. Schließlich war aus anfänglich reiner Neugier tiefer Respekt entstanden. Zudem war in ihr das Gefühl, eine gewisse Verantwortung übernommen zu haben, stetig, wenn auch unbewusst, gewachsen. Mehr noch: Jule glaubte, selbst zu einem Teil seines Lebens geworden zu sein. Ganz gleich, wie sich der weitere Verlauf entwickeln würde, sie nahm sich in die Pflicht, ihn nicht allein zu lassen.

Noch immer saß Harry vor sich hinlächelnd da. Sie nahm ihr Glas und stieß es sacht gegen das seine. Augenblicklich erwachte er aus seiner Starre, behielt aber sein entspannt dreinblickendes Gesicht und prostete zurück.

Jule räusperte sich, sah ihm in die Augen und begann zögerlich zu reden: Kommende Woche bin ich beruflich ziemlich eingespannt. Auf Empfehlung meines Chefs fahre ich für drei Tage nach Leipzig zu einem Journalisten-Kongress. Morgen ist erst mal Redaktionssitzung. Da werden die neuen Aufgaben verteilt.

Jule unterbrach sich, fuhr dann nach einer kurzen Pause fort: Doch kommenden Sonntag, wenn das Wetter entsprechend ist –

was hältst du davon, wenn ich dich abhole und wir zur Festung Königstein fahren?

Harrys Gesicht wurde ernst. Sofort hatte er die Tragweite dieses Angebots erfasst. Wenn er darauf einging, dann bedeutete das nichts anderes, als den Bruch seines Vorhabens. Durfte er den Eid, den er sich selbst geschworen hatte, brechen?

Danke, sagte er mit leicht bebender Stimme, ich weiß dein Angebot sehr zu schätzen. Entschuldige bitte, aber ich kann dir noch keine Antwort geben. Komm, wenn es dir nichts ausmacht, in einer Woche bei mir vorbei. Bis dahin habe ich mich entschieden.

Beim Blick aus dem Fenster des ICE flogen bunte Bilderfetzen an Jules Auge vorbei. Einmal drückte sie ihr Gesicht ganz nahe an die thermo-gebräunte Glasscheibe, hielt beide Handflächen seitlich schützend vor das Sonnenlicht und sah nach draußen. Farbige, grün-rot-braune oder einfach nur Mischfarben fielen übereinander her, vermengten sich.

Kaum spürbar wandt sich die silberweiße Zug-Schlange von Weiche zu Weiche, bis sie im Schlund des Leipziger Hauptbahnhofs verschwunden war.

Ihren Rollkoffer hinter sich her ziehend, steuerte sie entlang der Nikolaistraße in das nur knapp dreihundert Meter entfernte Zwei-Sterne-Hotel, in dem sie zweimal schlafen würde. Es war modern, vor allem funktional eingerichtet. Vor allem aber, das war für Jule das Wichtigste, war es sauber.

Vollgepackt mit interessanten Eindrücken und Neuigkeiten war sie Donnerstagabend müde zu Hause wieder angekommen. Gerade noch unter die Dusche hatte sie es geschafft. Danach war sie, ohne etwas zu essen, ins Bett gefallen.

Freitag hatte sie von Altmann frei bekommen, um einen Bericht für Montag über ihre Leipziger Erfahrungen erarbeiten zu können. Der internationale Kongress hatte unter dem Motto »Journalismus heute – globalisierte Verantwortlichkeit« gestanden. Jule war Altmann noch im Nachhinein dankbar, dass sie diese drei Tage hatte miterleben dürfen. Als sei sie in eine vollkommen andere Welt eingetaucht, war es ihr vorgekommen. Da war sie auch wieder, die Sehnsucht nach weltweiter Arbeit. Gut, die Recherchen zu den Vorgängen im Heidenauer Malzwerk mussten auch sein. Was aber waren diese im Vergleich zu den politischen Vorgängen in der Welt? Da passierte wirklich etwas. Da konnte man selbst etwas miterleben, unmittelbar teilhaben an den großen Dingen.

Was immer wieder mitschwang in all den heftigen Diskussionen, war die Frage gewesen, inwiefern und ob guter Journalismus rein objektiv sein könne. Zum Schluss war sich die Mehrheit der Teilnehmer einig, dass es die totale Objektivität nicht gäbe und dass es sie nie geben werde. Ungeachtet dessen müsste sie angestrebt werden. Nur so würde der Journalismus seiner Aufgabe gerecht und könne den unvermeidlichen Angriffen standhalten. Jule waren ihre Berichte über die geplante Windkraftanlage nahe der Grenze zum Landschaftsschutzgebiet eingefallen. Hatte sie darin etwa ihre persönliche Haltung gezeigt? Hätte sie tatsächlich absolut neutral über den Gohrischer Munitionsfund berichtet?

Trotz oder gerade wegen ihrer Unzufriedenheit mit sich selbst bereitete sie sich deshalb so intensiv für den Montag vor, als könne sie damit ihrem Frust ein Schnippchen schlagen. Nicht nur Altmann - alle Mitarbeiter wollte sie mit dem Vortrag überzeugen, dass sie, Jule Stein, noch längst nicht an den Grenzen ihrer journalistischen Fähigkeiten angekommen war.

Samstag war sie bei Mutter eingeladen.

Sie blieb nicht nur zum Mittagessen, sondern auch noch zum Kaffeetrinken am Nachmittag. Ein ruhiger, harmonischer Tag, der, da von beiden gewollt, auch beiden guttat.

Als Jule einmal allein auf dem Balkon gestanden hatte und sie in den Himmel starrte, war spontan ein Gedanke über sie gekommen: Ob Harry wohl auch gerade diesen blauen freien Himmelsfleck sieht?

Mutter erzählte sie nichts von diesem Gedankenflug.

Noch nervöser als bei ihrem ersten Besuch stand Jule vor Harrys Tür.

So lange schon hatte sie nicht mehr nach einem passenden Outfit gesucht. Letztlich hatte sie sich für die hellgrüne Jeans und ein weißes T-Shirt entschieden. Da sie etwa gleich groß wie Harry war, griff sie nach den absatzlosen Riemchensandaletten. Als ob sie zu einem Rendezvous ginge, war es ihr durch den Kopf gegangen. Bei diesem Gedanken bemerkte sie das Lächeln im Gesicht des Spiegelbildes. Rasch hatte sie sich weggedreht, nach der kleinen braunen Umhängetasche gegriffen und die Wohnung verlassen. Während der Fahrt nach Pirna waren ihr Zweifel gekommen. Sie wusste ja nicht einmal, ob Harry ihr Angebot annehmen würde. Und stand es ihr überhaupt zu, ihn vor solch eine Entscheidung zu stellen? Hatte sie sich möglicherweise nicht schon zu weit aus dem Fenster gelehnt, sich in sein Leben gedrängt? Ihre Besuche, die Gespräche, die Vase, das Deckchen und nun noch der Versuch, ihn aus seinem Verlies zu locken – war sie nicht gerade dabei, einen Menschen dazu zu verleiten, seine Grundsätze nicht nur zu erschüttern, sie vielmehr zu brechen? War das noch Barmherzigkeit und Hilfe oder längst ein manipuliertes Eingreifen in eine Persönlichkeit? Wie weit würde Harry das zulassen?

Seine Entscheidung war schnell zu erkennen. Er bat Jule gar nicht erst einzutreten, sondern, als hätte er nur auf diesen Augenblick gewartet, dass sie anklopfen würde, kam er wortlos mit einem Lachen im Gesicht zu ihr in den Flur und deutete mit seiner ausgestreckten Rechten an, dass sie vor ihm gehen solle.

Jule war erleichtert. So einfach hatte sie sich das nicht vorgestellt.

Während der Fahrt zur Festung Königstein schwiegen sie fast die gesamte Zeit. Nicht ein einziges Mal erwähnte Harry den Grund, sich für diesen Ausflug entschieden zu haben. Jule hütete sich, ihn daraufhin anzusprechen.

Etwa eine halbe Million Menschen besuchen jährlich diese Festung. Meist Urlauber, doch auch viele Einheimische zieht es zu diesem beeindruckenden, historisch interessanten Ort, von dem aus verschiedene Blicke auf die landschaftlich ungemein reizvolle Umgebung des nahezu gesamten Elbsandsteingebirges möglich sind. Erwähnt wurde die ursprünglich auf einem Tafelberg erbaute Burg erstmals 1233 in einer Urkunde des böhmischen Königs Wenzel I.. Im Laufe der Jahrhunderte wurde die Burg Stück um Stück baulich erweitert. Einer der wichtigsten Aufträge war gewiss die Anordnung des sächsischen Kurfürsten, welcher 1563 zum Abteufen des mit 152,5 Metern tiefsten sächsischen Brunnens führte. Ab 1589 baute man die Burg zur wehrhaftesten Festung Sachsens aus.

Militärisch gesehen spielte die Festung keine Rolle. Hauptsächlich diente sie als Rückzugsort, denn man fühlte sich dort sicher. Schließlich wurde sie auch niemals eingenommen. Nur einem Schornsteinfeger – so die Legende – soll dieses Kunststück gelungen sein, wobei ihm ein Soldat auf den letzten Metern ein Gewehr gereicht haben soll, um ihm am gemauerten Teilstück herauf zu helfen. So schwer es war, auf die Festung zu gelangen, so schwierig war es auch, sie zu verlassen. Diese Erfahrung musste zum Beispiel der Miterfinder des europäischen Porzellans, Johann Friedrich Böttger, machen. Aus Angst, er könne sein Wissen an die Preußen verraten, musste er von 1706 bis 1707 hier einsitzen, wobei er tatsächlich noch immer hoffte, hinter das Geheimnis der Goldherstellung zu kommen. August Bebel, der Mitbegründer der SPD, war hier von 1872 zwei Jahre lang in Haft. Gleiches Schicksal ereilte im Jahre 1899 den Karikaturisten Thomas Theodor Heine. Nur einem gelang tatsächlich die Flucht – dem französischen General Henri Girand, der während des Zweiten Weltkriegs von 1940 bis 1942 Gefangener auf der Festung Königstein war.

Nach Kriegsende errichtete die DDR 1949 dort einen der berüchtigten Jugendwerkhöfe. Eine Art Anstalt für Jugendliche, die politisch unbequem waren und sich nicht der neuen Staatsideologie anpassen wollten. Das Ministerium für Kultur erhob die Festung zum Museum. Nach der Wende ging sie 1991 in das Eigentum des Freistaates Sachsen über.

Am Fuße der Festung hatte Jule das Auto im Parkhaus abgestellt. Für die etwas beschwerlich bergan führenden, von Bäumen gesäumten achthundert Meter bis zum Kassenhaus blieb kaum Luft für eine Unterhaltung.

Statt mit dem Außenaufzug auf das Plateau zu gelangen, nahmen sie, wie die meisten anderen Besucher, den steil ansteigenden Fußweg. Ab dem mächtigen Eingangsportal ging es zwischen hohen Mauern und Wänden über behauene, im Laufe der Jahrhunderte fast schwarz gewordene Sandsteinplatten mühsam aufwärts. Nach etwa einhundert Metern langten sie tief atmend oben an. Erschöpft sahen sie sich um und fanden eine kleine Mauer, auf die sie sich setzten. Harry schien zu überlegen. Nach einer Weile sagte er: Ich bin schon einmal hier gewesen. Siebenundvierzig Jahre ist das her. War ein Klassenausflug. Damals sind wir den gleichen Weg nach oben gegangen. Nur etwas schneller als heute, schätze ich mal. An den Brunnen kann ich mich noch gut erinnern. Sonst aber ist kaum etwas hier oben hängen geblieben.

Bei den letzten Worten hatte er zweimal an seinen Kopf getippt.

Hätten wir woandershin fahren sollen?, fragte Jule verunsichert.

Nein, nein, erwiderte er energisch, im Gegenteil! Die Festung ist genau der richtige Ort, wo ich hin wollte.

Vor dem Brunnenhaus hatte sich eine solche Menschentraube gebildet, dass sie später noch einmal versuchen wollten, hinein zu gelangen.

Mit langsamen, doch zielgerichteten Schritten steuerte Jule Richtung Südwestseite der Außenmauer. Sichtlich beeindruckt, genoss Harry den Blick zum Horizont, dessen Ferne durch die Berge des Elbsandsteingebirges geprägt war. Am Nahesten lag das Felsmassiv des Pfaffensteins, hinter dem sich in unregelmäßigen Abständen, wie an einer Perlenkette aufgereiht, die anderen Steine in hellblauem Dunst abhoben.

Jule schob sich die Sonnenbrille von der Stirn auf die Nase. Dieser Junitag versprach der bislang wärmste des Jahres zu werden. Im Gehen fuhr Harry aus seinem Jackett und legte es sich um die Schultern. Mit einem Male blieb er stehen und fasste Jule am Arm.

Danke!, sagte er.

Augenblicklich war Jule hellwach. Sie fragte nicht: Wofür? Denn sie ahnte, dass dieses eine Wort weitaus mehr als diesen einzigen Moment einschloss.

Danke!, wiederholte er und fuhr fort, wenn du nicht aufgetaucht wärst, dann wäre ich wohl erstickt an meinem Selbstmitleid.

Jule hielt den Atem an. Weil sie nichts zu antworten wusste, nahm sie die Sonnenbrille ab und legte ihre Hand für einen kurzen Augenblick auf die seine. Langsam gingen sie weiter. Beide den Blick auf die Fußspitzen und den grauen Sand gerichtet.

An der nächsten freien Bank, die sie erreichten, bat er Jule, dass sie sich setzten. Als sie ihre Zigarettenschachtel öffnete, griff er, ohne zu fragen, hinein.

Obschon Jule von Anfang an wusste, dass dieser Tag ein besonderer werden würde, hatte sie sich vergeblich einzureden versucht, dass sie nicht mehr und nicht weniger als einen Ausflug mit einem älteren Mann machen würde. Vermutlich fühlte sie sich gerade deshalb ungewohnt hilflos, gelähmt. So gut wie nichts wusste sie über diesen Mann, neben dem sie jetzt saß und der ihr vermutlich seine ganze Lebensgeschichte anvertrauen würde. Sie hatte ihn dazu gebracht, hatte ihn provoziert. Weshalb? Weil es Jule als Journalistin im Blute lag, weil es sie befriedigte, hinter die Fassade, hinter die Verhaltensweisen von Menschen zu sehen? Noch vor nicht allzu langer Zeit hätte sie genussvoll diese Chance beim Schopfe gepackt. Ein Menschenschicksal lag vor ihr! Und sie musste nur noch zupacken. Den Schlüssel für eine Reportage in einer Zeitschrift hielt sie in den Händen! Aber so unvermittelt ihr diese schäbigen Gedanken gekommen waren, so schnell verdrängte sie diese wieder. Mehr noch – Jule schämte sich ihrer.

Ohne ihre Gedanken vor Augen zu haben, begann Harry von sich zu erzählen. Schließlich hätten sie letzten Endes diesen Trip doch überhaupt nur deshalb unternommen, meinte er und blickte sie ernst an. Erneut fühlte sie sich ertappt, zuckte sie zusammen. Zugleich war ihr, als sei sie vor diesem Mann so durchsichtig wie Glas. Wieder hatte er sie und ihre Absicht durchschaut. Andererseits war in Harry, was sie zwar nicht wusste, doch irgend erahnte, durch sie in ihm die unmöglich geglaubte Hoffnung erwacht, aus seinem Irrweg herauszufinden.

Ohne auf Jules erwartungsvollen Blick einzugehen, begann Harry zu erzählen:

Bevor ich Gerlinde kennenlernte, war ich schon einmal unsterblich verliebt. Das war, als ich in die elfte Klasse ging. Was das Verrückte war – sie war unsere Klassenbeste. Ich dagegen gehörte eher zum unteren Drittel. Weshalb sie sich das mit mir antat, verstehe ich bis heute nicht so recht. Ich weiß nicht einmal, ob sie in mich verliebt war. Für sie war es wohl eher eine tiefere Freundschaft. Im Laufe der zwölften Klasse löste sich unsere Bindung dann auf. Obwohl sie in der Zwischenzeit fest mit einem Anderen ging, hatte sie vor der schriftlichen Mathematik-Abschlussprüfung so intensiv mit mir geübt, dass ich schließlich das Abitur bestand. Sie hieß übrigens Ulrike.

Eine kurze Pause. Jule beobachtete ihn. Es schien ihr, als ob er gedanklich in jener vergangenen Zeit festhing.

Was ist aus ihr geworden? Hast du noch Kontakt zu ihr?

Sie studierte in Berlin Medizin, und ich ging an die Pädagogische Hochschule nach Potsdam. Bei gelegentlichen Klassentreffen sahen wir uns manchmal.

Vier Jahre nach dem Studium kam ich als frisch gebackener Lehrer nach Sebnitz zurück.

Wieder schwieg Harry für einen Moment.

Und wo hast du deine Frau kennengelernt?

Ach, für einen Augenblick begann Harry zu lächeln, das war ein wirklich seltsamer Zufall. Auf Anraten meines Hausarztes sollte ich, da ich mindestens zweimal im Jahr Angina bekam, mir die Mandeln herausnehmen lassen. Während ich nun im Krankenhaus vor dem Behandlungsraum auf einer rollbaren Trage lag, wurde eine weitere Trage neben mir platzirt. Zwar hatten wir beide schon die Beruhigungsspritze erhalten, doch waren wir noch so munter, dass wir unsere Köpfe einander zudrehten und ein paar Worte miteinander redeten. Wie der Zufall es wollte, trafen und erkannten wir uns nach gut einem viertel Jahr beim Tanz in Sebnitz wieder.

So also habe ich Gerlinde, meine Frau, kennengelernt.

Mit beiden Händen klopfte sich Harry auf die Schenkel. Als Zeichen, dass er weitergehen wollte. Sie erhoben sich und gingen gemächlich am Wallgang entlang.

Hin und wieder blieben sie an einer der Schießscharten stehen, blickten in die Ferne oder auch nur beeindruckt hinab in die knapp fünfzig Meter Tiefe.

Vorbei an den drei Wachtürmen gelangten sie zu der imposantesten, schönsten Stelle auf der Festung. Genau dort, wo der Mauerweg durch einen Knick nach Osten führte, bekamen sie einen wundervollen Blick auf die unter ihnen liegende Stadt Königstein.

Da, Jule zeigte auf einen sich nur schemenhaft abzeichnenden Flecken vor einem der am Horizont liegenden Steine, genau da liegt Kurort Gohrisch. Dort ist meine Mutter geboren. Neugierig und interessiert zugleich sah Harry in die vorgegebene Richtung. Auch wenn er bejahend nickte, war er sich trotzdem nicht sicher, ob er den kilometerweit entfernten Ort richtig erkannt hatte.

Links neben der Stadt floss die Elbe. Dahinter erhob sich das imposante Massiv des Liliensteins, des wohl von seiner Form her schönsten Tafelbergs im Elbsandsteingebirge.

Vorbei an der Blitzeiche kamen sie schließlich zur Friedensburg.

Was für ein Fotomotiv!, bemerkte Harry.

In dieser kleinen Burg, erklärte Jule, können sich Hochzeitspaare das Jawort geben. Allerdings, so fügte sie lachend hinzu, muss man sich lange vorher dafür anmelden. Vielleicht auch eine Art der Bewährungsprobe?

Gemächlich dahin schlendernd, ließen sie das ein wenig bieder wirkende Neue Zeughaus rechter Hand liegen und steuerten auf das Brunnenhaus zu, vor dem die Besuchertraube erheblich kleiner geworden war als noch vor einer guten Stunde.

Unkonzentriert saß Jule vor dem Computer. Was mache ich da eigentlich?, dachte sie. Instinktiv griff sie nach ihrer Tasse, nippte am längst kalt gewordenen Kaffee.

Wieder schweiften ihre Gedanken ab, verfingen sich in der zurückliegenden Begegnung mit Harry. Eine Bemerkung wollte und wollte ihr nicht aus dem Kopf. Als sie auf der Festung einen Imbiss und ein Getränk bestellt hatten und Jule ihn gefragt hatte, ob er ein Bier möchte, hatte Harry ziemlich heftig, beinahe zornig geantwortet: Nein! Ich trinke keinen Alkohol mehr. Er hat mir schon zuviel in meinem Leben zu zerstört.

Dass sein Lebensweg verschiedene Täler durchschritten haben musste, war ihr klar. Sie hatte ihn verstanden: Eines davon musste den Namen Alkohol tragen.

Nachdenklich und müde geworden tippte sie endlich die letzten Gedanken in den PC ein und schaltete ihn dann zufrieden aus. Kein Zweifel, ihr Vortrag über die Leipziger Tagung stand. Sie würde überzeugen, und Altmann wäre wieder mal zufrieden. Morgen könnte sie allen beweisen, wozu sie fähig sei. Besonders Gruber würde sie es zeigen!

Halb sechs schaltete sich der Radiowecker ein. Während sich Jule aus dem Bett schälte, überkam sie ein heftiger Hustenanfall. Der grünliche Auswurf im Taschentuch machte sie nachdenklich. Nach Morgentoilette und geringem Appetit auf das Frühstück verließ sie das Haus. Der Himmel hatte sich in Grau gehüllt. Wenigstens mild und trocken war es geblieben.

Nach den Achtuhr-Nachrichten schaltete sie das Autoradio aus und legte eine Whitney-Houston-CD ein.

Wenigstens eine halbe Stunde hätte ich früher losfahren sollen, dachte sie, als sie in Heidenau im Stau stand. Fehlte noch, dass sie ausgerechnet heute zu spät käme!

Sie öffnete das Fenster einen Spalt und zündete sich eine Zigarette an. Die erste an diesem Tag. Zum Glück erwies sich ihre Sorge als unbegründet. Nach wenigen Minuten ging es, wenn auch zähflüssig, weiter.

Während sie so dahinfuhr, kreisten ihre Gedanken immer enger um ihren Auftritt in der Redaktion, steigerte sich ihre Euphorie bei den Gedanken an die Leipziger Tage. So informativ das offizielle Programm auch gewesen war, weitaus interessanter und ergiebiger waren die inoffiziellen Pausengespräche, mehr noch die abends in den Restaurants und Bars gewesen. Erst dort wurde sie davon überzeugt, dass die Zukunft des Verlagsjournalismus nur durch die Nutzung und Einbeziehung digitaler Medien gelingen würde. Neben der konservativen Zeitung in Papierform würde das Internet als ungleich ergiebigere, vor allem auch als aktuellere Plattform von Informationen in jedem Verlag Einzug halten. Was bislang unterschätzt wurde: Nur durch die digitale Form konnten jugendliche Leser und Interessenten für Politik, Wirtschaft, Sport und überhaupt gewonnen werden.

Altmann wusste das längst, dessen war sich Jule sicher. Ihre Idee war nun, dass sie ihm anbieten würde, diesbezüglich insgesamt, also für sämtliche Regionalteile der »Sächsischen Nachrichten«, über das Internet verantwortlich zu sein.

Dann schoben sich, während sie so fuhr und nachdachte, immer wieder die Gedanken an den gestrigen Tag hinter ihre Stirn. Mehr als das Kennenlernen seiner Frau hatte Harry nicht preisgegeben. Ob er noch verheiratet war? Lebte seine Frau überhaupt noch? Gab es einen Zusammenhang zwischen ihr und seinem Leben im Heim? Wenn alles auch nur Stück um Stück aus ihm herausbrach, Jule wollte, nein, sie musste ihm Zeit lassen. Zeit, die er brauchte, um sich leichter zu fühlen. Wie durch eine bußfertige Beichte. Eine solche war es ja wohl.

Während ihrer Gespräche hatte Jule sich bewusst zurückgehalten. Ihm kaum Fragen gestellt. Nun wollte sie beim nächsten Mal diese Zurückhaltung aufgeben und ihn auf seine Frau hin ansprechen.

Zwanzig Minuten vor Sitzungsbeginn stellte Jule ihr Auto vor dem Redaktionsgebäude ab. Eilig stieg sie die Treppen hinauf. Altmann erwartete sie bereits. Doch statt sie zu begrüßen, forderte er sie auf, sich unverzüglich nach Hohnstein zu begeben. Dort finde im Rathaus eine Versammlung statt, auf der die Entscheidung über die Windparkanlage bei Rathewalde fallen solle.

Jule glaubte, nicht richtig gehört zu haben.

Und mein Referat zu Leipzig …?, fragte sie ungläubig mit weit aufgerissenen Augen.

Altmann schien die Frage nicht gehört zu haben.

Es fehlte nicht viel, und sie hätte ihn gewürgt. Ihre Brust hob und senkte sich ungewöhnlich heftig in kurzen Abständen. Dann fuhr sie ihn an: Kollege Altmann …!

Weiter kam sie nicht. Sein Blick genügte, um sie augenblicklich verstummen zu lassen.

Schicken Sie mir möglichst schnell die Gedanken und Eckdaten Ihres Berichts per Mail zu. Ich werde alles eingehend lesen, und dann könnten wir kommende Woche – Ihr Einverständnis vorausgesetzt – gemeinsam unsere Meinungen zu den verschiedenen Punkten des Leipziger Kongresses allen Mitarbeitern zur Diskussion stellen.

Um nicht wirklich Unheil anzurichten, wandte Jule sich, nachdem sie heftig geschluckt und mechanisch genickt hatte, von ihrem Chef ab.

Wild rannte sie los, flog förmlich die Treppen hinab und strebte dem Ausgang zu. Dabei würgte der Kloß in ihrem Hals, drohte zu platzen.

Als sie im Auto saß, begann sie hemmungslos zu heulen. Dass Altmann ein harter Hund war, wusste sie. Dass er aber derart gefühllos und hinterhältig sein konnte, das hätte sie dennoch nicht für möglich gehalten.

Sie startete das Auto, verließ das Redaktionsgelände und parkte gleich darauf am Straßenrand. Erregt, wie sie war, wollte sie auf der belebten Straße keinen Unfall riskieren. Einige Minuten später fuhr sie weiter. Plötzlich kam ihr eine Idee: Was wäre, wenn sie statt nach Hohnstein zu Harry fahren würde? Verlauf und Ergebnis der dortigen Veranstaltung könnte sie im Internet nachlesen und dann einen Artikel darüber schreiben. Fakten und ein wenig Phantasie miteinander mischen – das ginge. Andererseits bestand die Gefahr, dass Altmann doch irgendwie hinter diese Schummelei kommen könnte. Nein, ihren Arbeitsplatz wollte sie nicht aufs Spiel setzen. Doch gänzlich ungeschoren sollte dieser Mistkerl auch nicht davonkommen!

Jule konnte sich nicht erinnern, wann sie das letzte Mal derart wütend, vor allem missmutig ihrem Beruf nachgegangen war. Als könnte sie ihre üble Laune an ihrem Renault auslassen, trat sie mal aufs Gaspedal und ließ die Umdrehungszahl nach oben schnellen, um kurz darauf wieder untertourig dahinzuschleichen.

Auf elf Uhr, hatte Altmann gesagt, war der Beginn der Versammlung im Hohnsteiner Rathaussaal angesetzt. Als sie am gelben Eingangsschild der Stadt vorbei fuhr, warf sie einen Blick auf die Uhrzeit. Noch zwanzig Minuten blieben ihr.

Wie erwartet, war der Saal mit Interessenten gefüllt. Mit Mühe gelang es ihr trotzdem, sich seitlich bis in die Nähe des Präsidiumstisches vorzudrängeln. Die nervöse Stimmung, ein giftgeschwängertes Murmeln, das in ihre Ohren drang, passte zu Jules Stimmung.

War Jule auch mit einem gewissen Desinteresse hergekommen, so musste sie zu ihrer Überraschung bald feststellen, dass sich zu den beiden Lagern – für oder wider die Windradanlage – noch eine dritte Sichtweise gesellte. Nachdem eine gute halbe Stunde kontrovers und ohne jeglichen Fortschritt diskutiert und gestritten worden war, meldete sich aus der Menge ein Mann mittleren Alters und bat ums Wort. Dieses wurde ihm erteilt. So stand er auf. Augenblicklich herrschte Stille, als er sich erhob.

Basteifelsen, Kurort Rathen

Viele hundert Augenpaare im Saal waren gespannt auf ihn gerichtet. Er stellte sich als Professor Franke vor, Mitarbeiter für Wirtschaftslehre an der Technischen Universität Dresden. Zunächst ging er betont sachlich und in ruhiger Art auf die Argumente und Bedenken der beiden Lager ein. Dabei zeigte er durchaus Verständnis für deren Anliegen. Dann aber hielt er kurz inne und begann mit überaus eindrucksvollen Worten und Zahlen, ganz allgemein Sinn und Nutzen von Windkrafträdern infrage zu stellen. Das Hauptproblem der Windenergie sei ihre Volatilität, also ihre unstete Verfügbarkeit. Herrsche eine Flaute, wehe kein Wind, gäbe es keine Energiegewinnung. Hinzu komme, dass es an Speicherkapazitäten – übrigens in ganz Deutschland – mangele. Nun werde ja laut Energiewende neben der Wind- noch die Nutzung der Sonnenenergie genannt. Auch letztere stehe bekanntermaßen nur in begrenztem Umfang zur Verfügung. Dieses einseitige Setzen auf diese beiden Formen der Energiegewinnung zerstöre schlichtweg die konservative Stromerzeugung. Nur, ohne diese sei wiederum das Modell der grünen Stromerzeugung nicht möglich. Somit sei die Energiewende zwar eine überaus lobenswerte Idee, leider aber absolut realitätsfremd.

Während der Rede des Professors war es mucksmäuschenstill geworden. Nicht nur Jule spürte, wie die Worte dieses Mannes beeindruckten und wie sie in den Köpfen der Zuhörer nachwirkten.

Dann setzte er noch einen Gedanken hinterher: Was ich gar nicht erwähnt habe, ist die Tatsache, dass es sich bei der Montage von Windkraftanlagen auch um ein ästhetisches Problem der Kulturlandschaften handelt. Stellen Sie sich bitte zigtausende dieser Anlagen vor, die unser ganzes Land überziehen. Um es konkret auf den Punkt zu bringen: Diese rein von wirtschaftlichen Interessen aus getragenen und geplanten Windräder gehören nicht in ein Landschaftsschutzgebiet. Nicht einmal in ihre Nähe. Eigentlich nirgendwo hin.

Die Analyse des Professors blieb nicht ohne Wirkung. Nicht nur, dass die Befürworter eine gehörige Abfuhr erteilt bekommen hatten. Kaum, dass der Mann zu reden aufgehört hatte, gab es spontanen Beifall, brach im ganzen Saal eine Diskussion los, sodass die Vertreter am Präsidiumstisch schließlich entnervt aufstanden und die Versammlung auflösten.

Kurz vor Mitternacht sandte Jule ihren Bericht an die Redaktion. Ausgelaugt und müde fiel sie wie tot ins Bett und glitt bald in einen tiefen, traumlosen Schlaf.

Am Morgen frühstückte sie auf ihrem Balkon. Während sie die im Backöfchen angewärmten Brötchen mit dem Messer aufschnitt und die eine Hälfte mit Butter und Honig bestrich, sah sie über die unter ihr liegende Stadt. Die Luft war klar, kein Wölkchen am strahlend blauen Himmel zu sehen. Der Gedanke daran, dass sie Altmann überlistet und sie sich einen freien Tag erschlichen hatte, hob ihre immer noch ein wenig angekratzte Stimmung. Eigentlich sollte sie diesen Tag nutzen, um ihr Referat über die Leipziger Fortbildung als Text aufzuschreiben und diesen dann ihrem Chef zu mailen. Dass sie diese Schreibarbeit längst gemacht hatte, wusste Altmann natürlich nicht. Aus eigenem Interesse heraus hatte sie dies getan, als sie das Referat vorbereitet hatte. So brauchte Jule den fertigen Text, am späten Abend selbstverständlich!, nur noch an den Herrn Chef Altmann abzuschicken.

Mit ihrem Besuch am Vormittag hatte Harry nicht gerechnet. Überrascht bat er sie einzutreten. Was Jule sofort ins Auge fiel, war das dunkelblaue Tasten-Telefon auf dem Nachttischchen neben seinem Bett. Als Harry Jules Blick darauf gerichtet sah, sagte er in fast verlegenem Tonfall: Vielleicht ist es doch besser, wenn ich auch so erreichbar bin. Wenn ich zum Beispiel gewusst hätte, dass du heute kommst …

Harry unterbrach seinen Gedanken und setze gleich darauf neu an: Das Deckchen unter dem Telefon hab ich von deiner Mutter. Sie meinte, es sähe so besser aus. Finde ich übrigens auch.

Jule überlegte. Dann griff sie in ihre Handtasche, zog das Portemonnaie heraus und gab Harry ihre Visitenkarte: Festnetz- und Handynummer – beides steht darauf. Über mein Handy bin ich fast immer erreichbar. Nun brauche ich aber auch deine Telefonnummer.

Eine halbe Stunde später saßen sie auf einer Bank am Elbufer. Die Sonne verhieß einen überaus heißen Tag.

Schweigend saßen sie nebeneinander. Fasziniert beobachteten sie, wie mit geschickten Manövern der Elbraddampfer »Kurort Rathen«, stromabwärts kommend, an der Anlegestelle festgemacht wurde. Überaus eindrucksvoll hantierte der Mann am Bug mit einer mehrere Meter langen mächtigen hölzernen Stange, an deren vorderem Ende eine eiserne Spitze in dreieckiger Form angebracht war. Wieder und wieder stakte er diese Stange ins Wasser, stemmte sich dagegen, stemmte sich gegen den Druck der Strömung, bis der Dampfer seine endgültige Position erreicht hatte. Dann vertäute er die Stange am oberen Quergriff. Nun wurde das etwa zwei mal zwei Meter große Holzbrett von einem Schiffsmann zwischen Schiff und Anlegestelle geschoben, damit die Passagiere zunächst das Schiff verlassen und die neuen Gäste es betreten konnten. Vor der Weiterfahrt wurde das Brett mit einem einzigen, kräftigen Ruck auf das Schiff zurückgezogen. Der Mann am Bug löste das Tau von der Stange, zog sie aus dem Wasser und wuchtete sie mit ein-zwei gekonnten Schwüngen über die Reling Richtung Bugspitze. Eine ganze Weile blickten die beiden dem Schiff nach, wie es sich schnell elbabwärts Richtung Dresden entfernte.

Ohne Zweifel, es würde ein heißer Tag werden. Die Sonne im Rücken brannte mittlerweile so unbarmherzig, dass sie, ohne sich abzusprechen, aufstanden, ziel- und wortlos auf dem Wanderweg entlang der Elbe schlenderten. Bald fanden sie eine Bank, die im Schatten eines Ahornbaumes lag. Beide empfanden es als sehr angenehm, dass der Abstand zur nächsten besetzten Bank recht groß war. Denn sie hätten es wohl beide gleichermaßen als störend empfunden, wenn das, was Harry zu erzählen vorhatte, von anderen mitgehört worden wäre.

Jules Anspannung wuchs zusehends. Doch zu fragen wagte sie sich noch immer nicht. Also saß sie stumm neben Harry und wartete ab. Möglichst unauffällig beobachtete sie ihn aus ihren Augenwinkeln. Wie schwer es Harry fiel zu beginnen, den richtigen Anfang zu finden, offenbarte sich an seiner ungewohnt nervösen Art. Seine Hände, besonders seine Finger, kamen nicht zur Ruhe. Mehrfach räusperte er sich, holte tief Luft. Sichtlich angespannt, rutschte er auf der Bank nach vorn und begann leise:

Nun, vielleicht erinnerst du dich, meine Frau Gerlinde und ich waren also zusammen. Dann ging alles ziemlich schnell. Bereits im Sommer 1967, nach Studienende, heirateten wir. Mit meiner Frau machte ich, wie man so sagt, eine gute Partie. Die Familie ihrer Eltern zählte zu den Alteingesessenen, zu den Wohlhabenden und damit auch zu den einflussreichsten Bürgern der Stadt Sebnitz. Seit Generationen führten sie eine Fleischerei. Diese war mir natürlich bekannt, und ich hatte dort auch hin und wieder eingekauft. Gerlinde hatte ich allerdings noch nie zuvor gesehen. Wenigstens sie gesehen zu haben – daran erinnerte ich mich nicht. So groß die Hochzeit gefeiert wurde, so schnell wurde auch klar, dass ich letztlich nicht der erhoffte Schwiegersohn war. Zumal ich keinerlei Ambitionen zeigte, in das Geschäft einsteigen zu wollen. Ich war Lehrer und wollte es bleiben. Zu allem Übel wohnten wir im Haus ihrer Eltern. Zwar bewohnten meine Frau und ich nach einigen Umbauten eine komplett eigenständige Etage. Trotzdem kamen nach und nach Spannungen auf. Sei es auch nur, indem ihre Eltern und ich uns im Haus begegneten. Dass Blicke fast töten können, weiß man. Ich glaube, viel hätte nicht gefehlt ... Derweil ich als Lehrer meinem Beruf nachging, war meine Frau unten im Laden als Verkäuferin tätig. Diesen Beruf hatte sie übrigens erlernt. Dann übernahm sie zusätzlich die Warenbestellung, später die gesamte Buchhaltung. So sahen wir uns nur wenig am Tage. Dafür traf ich mich immer öfter mit einem Kollegen zum Bier in einer Gaststätte. Hier glaubte ich wohl, meinen Frust, mein unglückliches Dasein abladen zu können. Zu Hause dominierten die

Probleme rund um das Geschäft. Dinge, die mich absolut nicht interessierten. So fühlte ich mich eben, der Herr Lehrer, mehr und mehr als ein Störfaktor in diesem Getriebe. Ich war es auch. Diese ernste Krise fand ein ebenso abruptes wie überraschendes Ende, als Gerlinde schwanger wurde. Bei allen war die Freude entsprechend groß, und es herrschte auf einmal wieder eine ungewohnt friedliche Atmosphäre. Wir grüßten uns lächelnd, gönnten einander freundliche Blicke. Auch ich passte mich an und ließ die Kneipengänge weg. Aus ernsthafter Überzeugung und dem festen Glauben daran, dass sich fortan alles bessern würde. In der Tat kamen sich meine Frau und ich in der Folgezeit wieder näher. Bis 1970 unser Sohn Michael dann geboren wurde. Nicht lange nach der Geburt drängten ihre Eltern sie, so bald als möglich wieder in das Geschäft einzusteigen. Michael sollte in eine Tageskrippe gebracht werden. Ich hingegen wünschte, dass die Mutter unseres Kindes wenigstens bis zu dessen drittem Lebensjahr zu Hause bliebe. Von Gerlinde wusste ich, dass auch sie das am liebsten getan hätte. Nur, statt offen mit ihr darüber zu reden, sah ich meine Chance und war ich vor allem geradezu darin besessen, mich mit ihren Eltern anzulegen. Der von mir provozierte Riesenkrach zwischen meinen Schwiegereltern und mir blieb nicht aus. All die Wut, die sich im Laufe der Jahre angestaut hatte, entlud sich jetzt in einem – heute möchte ich es so nennen – unwürdigen Schauspiel. Ich sehe uns noch im Hausflur, wie wir uns anschrien, uns die übelsten Brocken an den Kopf warfen.

Während der letzten Worte umkrampften Harrys Finger das Sitzbrett der Bank derart, dass das Weiß seiner Knöchel hervortrat.

Jule wartete eine Zeitlang, bevor sie fragte: Und, wie hat deine Frau darauf reagiert?

Meine Frau?, sagte er nachdenklich und presste die tief eingeatmete Luft mit einem Stoß durch fest aneinander gepressten Lippen aus.

Ja, meine Frau. Sie befand sich in einem erbarmungswürdigen

Zustand. Was sollte sie tun? Wie sich entscheiden? Zu wem sollte sie halten? Da war ich, ihr Mann. Dann unser Sohn, den sie herzlich liebte. Und schließlich ihre Eltern, die sie nicht im Stich lassen, die sie nicht enttäuschen konnte. Und auch nicht wollte ...

Die Stimme versagte ihm. Er schlug die Hände vor sein Gesicht und sein Oberkörper begann zu zucken.

Selbst Jules Hand, die sie ihm sacht auf seinen Oberarm legte, konnte ihm kaum helfen, sich zu beruhigen. Erstmals hatte er laut ausgesprochen und jemandem anvertraut, was ihn seit Jahren quälte, ihn in zahllosen Alpträumen peinigte.

Energisch stand er auf, verschränkte die Arme hinter seinem Kopf. Dann setzte er sich wieder.

Verstehst du, hätte ich mich damals, wie es sich für einen Ehemann und Vater gehört, für meine Familie entschieden, mein ganzes Leben wäre anders, vermutlich glücklicher verlaufen. So aber erinnert mich mein Folgeleben an das Dominosteine-Prinzip: Ein gekippter Stein, eine begangene Dummheit, löst den nächsten Fall aus. Statt mich zurückzunehmen, die bestehende Wirklichkeit zu begreifen, sie zu akzeptieren, hatte ich mich beleidigt in meinen Schmollwinkel zurückgezogen. Kaum vorstellbar – doch um einer öffentlichen Blamage zu entgehen, einigten wir alle uns auf eine nach außen hin demonstrierte heile Ehewelt. Während in den folgenden Jahren mein Feuer gegenüber meiner Frau vollkommen erloschen war, glimmte, davon bin ich überzeugt, in ihr immer wenigstens ein winziger Funke Hoffnung. Während sie wohl noch an die Heilung meiner Eheseele glaubte, war ich ihr schon längst um Lichtjahre entrückt. Heute bin ich mir sicher, die Quelle meiner Ungerechtigkeit, meiner Uneinsichtigkeit zu kennen: In meinem Stolz fühlte ich mich verletzt. Ach, was war ich damals egoistisch, so unsäglich dumm und gemein. Ich begriff gar nichts. Erkannte nicht, was ich damit anrichten sollte. In meiner blinden Wut, in meinen Rachegelüsten, da triumphierte ich vor mir selbst. Was war ich doch für ein toller Kerl! Dass ich in jener Zeit damit Stück um Stück meine Selbstachtung verlor, verstand ich erst, als es zu spät war. Damals, in meinem Zorn – heute würde ich sagen: in meiner Enttäuschung von mir selbst – rechtfertigte ich mein Verhalten damit: War mir selbst schon die Mutter seit frühester Jugend genommen worden, weshalb sollte ich nun nachsichtig sein mit denen, die meinten, meinem Sohn ebenfalls die Liebe seiner Mutter entziehen zu müssen? So war das tödliche Gift einmal in die Welt gesetzt, und niemand mehr würde in der Lage sein, es nicht bis zum bitteren Ende wirken zu lassen.

Still war es geworden, war es noch eine ganze Weile geblieben, nachdem Harry zu reden aufgehört hatte. Gekrümmt saß er da, den Kopf weit nach vorne gebeugt mit wie zu einem Gebet gefalteten Händen.

Jule schüttelte den Kopf. Sie konnte einfach nicht glauben, was sie da gehört hatte. Niemals hätte sie es für möglich gehalten, dass dieser Mann, dieser freundliche, intelligente Mann neben ihr solch ein Versager, solch ein Arschloch sein sollte.

Mitten hinein in das Schweigen sagte Harry, es war eher ein Flüstern: Aber nicht etwa deshalb haben meine Frau und ich uns getrennt. Ich war ein noch viel größerer Idiot.

Die letzten beiden Sätze verwirrten Jule vollends. Sie war an einem Punkt angelangt, an dem sie nicht mehr wusste, wie sie sich verhalten sollte. Harry direkt ins Gesicht sagen, was sie soeben von ihm gehalten hatte? Oder besser – einfach aufstehen und gehen? Sie war nahe daran, Letzteres zu tun. Denn war es nicht doch von Anfang an eine Dummheit, eine geradezu idiotische Idee gewesen, sich auf diesen Mann einzulassen? Schließlich war sie eine Journalistin und keine Psychiaterin.

Ich nehme an, du bist geschockt, wenigstens schwer enttäuscht von dem, was ich dir anvertraut habe.

Augenblicklich fühlte Jule, als er das Wort »anvertraut« ausgesprochen hatte, einen Stich in ihrer Brust.

Die Möglichkeit, einfach wegzulaufen, gab es nicht mehr. Heftig sog sie an der Zigarette. Obschon sie ihren Körper noch weiter nach vorn gebeugt hatte, spürte sie, dass Harry zu ihr sah. Ohne den Kopf zu heben, murmelte sie verwirrt: Ich weiß nicht, was ich sagen soll. Alles, was du mir eben berichtet hast, muss ich erst einmal verdauen.

Vollkommen unerwartet schob Harry seine Hand für einen Augenblick auf ihren Arm. Sekunden später stand er auf, war im Begriff zu gehen. Dann musste er etwas loswerden: Wenn du trotzdem mehr erfahren möchtest, lass es mich wissen. Falls es das aber für dich gewesen sein sollte – ich könnte es verstehen.

Jule sprang auf. Diesmal griff sie nach seinem Arm. Harry, sagte sie, warte! Du hast Recht. Entschuldige. Im Moment weiß ich nicht, was ich will, und ich weiß auch nicht genau, was ich nicht will.

Reglos standen sie einander gegenüber. Zum ersten Mal aber sahen sie sich wieder in die Augen.

Ja, ich will wissen, weshalb du ein noch viel größerer Idiot gewesen bist.

Jule entging nicht das erleichterte Lächeln in Harrys Gesicht, als er sie mit beiden Händen an den Oberarmen fasste und sie sacht drückte.

Das möchte ich, sagte er und fügte hinzu, es würde mir viel mehr bedeuten, als du ahnst.

Wortlos gingen sie durch die Bahnunterführung, vorbei an bunten Geschäften und an bunten, lachenden Menschen Richtung Parkhaus in die Grohmannstraße. Während des vierhundert Meter langen Weges gingen sie ihren eigenen Gedanken nach.

Wenig später befuhren sie das Heimgelände, auf dem Jule Mutters Auto entdeckte.

Als Harry ausstieg, blieb sie sitzen. Es mochte wohl an den Lichtverhältnissen im Auto gelegen haben, redete sie sich ein, dass sie eben in ein um Jahre gealtertes, graues Gesicht gesehen hatte.

Noch bevor sie losfuhr, griff sie zu ihrem Handy.

Eine Stunde später saß Jule mit Ursula in Königstein im Café Schmidt.

Am Tonfall ihrer Freundin hatte diese, als sie den Anruf entgegengenommen hatte, erkannt, dass Jule akuten Redebedarf hatte.

Wenngleich Ursula in diesem Städtchen wohnte, sie hier zu Hause war, fand sie zu ihrem eigenen Bedauern nur selten den Weg in dieses hübsche Café, das überaus geschmackvoll mit Kaffeegeschirr als Raumschmuck versehen war. Vielleicht lag es auch daran, dass dieser einst so malerische Ort Königstein nach der Wende fast vergessen worden war. Die meisten der Geschäfte waren aufgegeben worden. In anderen Städten, wie Pirna oder Meißen, war aus Grau eine farbige Vielfalt hervorgegangen. In Königstein dagegen lief die Entwicklung genau entgegengesetzt. Touristen, die zur Festung wollten, verließen die Stadt so schnell als möglich. Allein das Café Schmidt und noch ein paar andere Geschäfte, Restaurants und Hotels, die sich an den Fingern einer Hand abzählen ließen, waren geblieben.

Was ist?, begann Ursula.

Ruckartig hörte Jule mit dem Rühren auf, zog den Löffel aus der Tasse und leckte ihn ab.

Ohne aufzusehen, sagte sie leise: Es ist so viel passiert.

Nach einer kurzen Pause fuhr sie in einem klaren, normalen Tonfall fort: Eigentlich müsste ich mit meiner Mutter reden ... Du erinnerst dich an unseren letzten Radausflug nach Bad Schandau? Damals hatte ich dir von dem Mann im Altenheim erzählt, in dem meine Mutter arbeitet und von dem sie wollte, dass ich Näheres über ihn in Erfahrung bringe.

Na und?, fragte Ulla neugierig.

Ich bin tatsächlich auf Mutters Wunsch eingegangen.

Ulla sah Jule in die Augen.

Was weiter? Erzähl schon!, verlangte sie ungeduldig.

Wie gesagt, eigentlich müsste ich mit meiner Mutter darüber sprechen, was ich erfahren habe. Aber das kann ich nicht. Ich möchte, dass sie weiterhin unvoreingenommen Harry, ich meine Herrn Hartung, im Heim begegnet.

Ulla verstand nichts.

Nachdem Jule sich vergeblich nach einem Aschenbecher umgeschaut hatte, schlug sie vor, dass sie in den Garten wechselten. Dort war Rauchen erlaubt.

Erleichtert zündete sie sich eine Zigarette an, blies den Rauch entspannt in die Luft und setzte da fort, wo sie aufgehört hatte.

Niemand darf etwas von dem erfahren, was ich inzwischen über diesen Herrn Hartung weiß.

Zwar hat er es mir nicht ausdrücklich untersagt, doch ich möchte das einfach von mir aus nicht. Verstehst du?

Ja. Natürlich kann ich schweigen. Versprochen!

Gut.

Dann begann Jule zu erzählen, wobei sie versprach, sich kurz zu fassen.

Nach gut zwanzig Minuten war sie fertig.

Gespannt hatte Ursula zugehört. Mittlerweile war der Kaffee, den die Bedienung zwischendurch gebracht hatte, lauwarm geworden. Trotzdem nahmen beide einen Schluck davon, bevor Ulla, sich räuspernd, zu ihrer Meinung kam.

Was das Schicksal des Herrn Hartung, ich nenne ihn der Einfachheit halber Harry, wie du ihn auch nennst, da kann ich mir trotz deiner genauen Schilderung kein richtiges Urteil erlauben. In der Tat, er hat eine ganze Menge durchgemacht in seinem Leben. Und wenn dann noch Schlimmeres folgen soll, außer dem, was er dir bislang anvertraut hat … Er scheint auf jeden Fall ein vom Leben ziemlich gebeutelter Mensch zu sein.

Ulla überlegte kurz.

Wenn du ihm also helfen willst und kannst, dann tu es!

Das schlechte Gewissen, das Jule erneut und verstärkt befallen hatte, während sie Ulla von Harry berichtet hatte, nagte erneut heftig an ihr.

Noch etwas, meine liebe Jule, setzte Ulla nach einer Denkpause in deutlich energischerem Ton fort, du bist weder verheiratet, noch hast du eigene Kinder. Gut und schön. Für dich. Vor allem aber – das weißt du sehr wohl – du bist frei und ungebunden. Wenn du aber verheiratet wärst und Kinder hättest, dann denke ich mal, würdest du anders denken, anders urteilen. Stell dir vor, du wärst an Harrys Stelle. Du würdest heiraten, ihr bekämt ein Kind. Und dein Mann, von mir aus auch seine Eltern, würden von dir verlangen, dass du deinen geliebten Beruf als Journalistin aufgeben solltest. Sie würden von dir erwarten, dass du, statt zu schreiben, Wurstdärme auffüllen solltest. Na, wie würde dir das gefallen? Meinst du wirklich, du könntest das alles so ohne Weiteres wegstecken? Ich glaube nicht. Schließlich kenne ich dich lange genug, weiß, wie du tickst. Und, fügte sie hinzu, ohne einen sarkastischen Unterton zu verbergen, wolltest du nicht mal Tierärztin werden?

So deutlich hatte ihr bislang noch nie jemand – außer Mutter vielleicht – vorgehalten, wie glücklich sie lebe, vor allem, dass sie keinerlei Verantwortung für jemand anderen tragen müsse.

Ursula war noch nicht fertig.

Ich, zum Beispiel, bin verheiratet. Habe einen Mann und zwei Kinder. Solch eine Familie verlangt von jedem etwas ab. Jeder muss sich irgendwie einschränken, wenn es erforderlich ist. Und jeder muss wissen, dass er gleichberechtigt ist. Niemals darf es dazu kommen, dass einer von uns das Gefühl hat, ausgeschlossen zu sein. Besonders für unsere Kinder ist das wichtig. Was nicht bedeutet, dass es keinerlei Grenzen zwischen Roland und mir gibt. Im Gegenteil! Wir als Erwachsene, die Eltern, tragen gemeinsam Verantwortung für die gesamte Familie. Wenn wir zwei mal unterschiedlicher Meinung sind – und das ist nicht selten der Fall –, dann fechten wir das aus, stellen uns den Problemen. Sicher, manchmal werden wir laut dabei, werfen uns Sachen an den Kopf, die weh tun, die blöderweise, meist unbeabsichtigt, beleidigen. Nur, glaube mir – die Erfahrung habe ich gemacht – nichts ist schlimmer, tödlicher für eine Ehe, als wenn ausschließlich der eine Partner bestimmt und der andere nur schluckt. Verstehst du das? Denk einfach mal über alles nach. Um auf deinen Harry zurückzukommen – da kamen viele unglückliche Umstände zusammen. Dass er schließlich dem Alkohol verfiel, ist tragisch.

Ich hätte ihm einen wahren Freund gewünscht, mit dem er hätte reden können. Nicht aber einen solchen Saufkumpan, der – so nehme ich an – seine Ausweglosigkeit erkannte und ihn zum Mit-Trinken animierte.

Jule lag auf der Zunge zu fragen, woher sie diese Weisheiten habe. Doch sie verkniff sich diese kleine Provokation, denn ein Vortrag reichte.

Offenbar wollte Ursula ohnehin damit das Thema abschließen, denn übergangslos stellte diese die Allerweltsfrage: Und wie geht es dir sonst?

Jule musste durch den unerwarteten Themenwechsel ihre Gedanken neu ordnen. Sie zögerte, ob sie noch von der jüngsten Sache mit Altmann erzählen sollte. Sie ließ es sein. Dann aber fiel ihr ein, dass sie doch noch etwas loswerden musste, was ihre Freundin unmittelbar betraf – die Geschichte mit Hille und Mutter.

Nachdem sie Ursula von dem offensichtlich belanglosen Verhältnis der beiden in früheren Tagen aufgeklärt hatte, konnte diese sich ein heimliches Schmunzeln nicht verkneifen. Sollte Jule doch bei ihrem Glauben bleiben. Schließlich war sie froh, dass Jule und ihre Mutter sich inzwischen wieder so gut verstanden. Was Ursula beunruhigte, war das Verhältnis, das ihre Freundin zu diesem Harry aufgebaut hatte.

Wie gewohnt, war die Verabschiedung verlaufen – Küsschen links, Küsschen rechts. Wir hören voneinander!

Im Auto sitzend, kämpfte Jule mit den Tränen. Irritiert und wütend zugleich war sie. Die Lektion, die ihr ausgerechnet ihre allerbeste Freundin verpasst hatte, war sehr schmerzlich für sie gewesen. Damit musste sie erst einmal fertig werden.

Was ihr klar geworden war – Harrys Geheimnis hing nun an ihr fest wie eine Klette. Wollte sie sich davon befreien, dann musste sie hinter das Geheimnis kommen. Oder – sie musste ab sofort die Zusammenkunft mit Harry meiden. Würde sie sich für Ersteres entscheiden, hätte dies nichts anderes zur Folge, als dass sie beide gemeinsam dann vor einer neuen Entscheidung stehen würden.

Deprimiert schaute Jule auf ihre Armbanduhr. Kurz nach vierzehn Uhr. Kein Wunder, dass der Hunger sich meldete.

Energisch stieg sie aus und verlängerte die Parkzeit um zwei Stunden.

Zielgerichtet marschierte sie los.

An solch einen außergewöhnlich heißen Sonnentag im Juni konnte Jule sich nicht erinnern. Wie erstarrt hingen die Blätter reglos an den Bäumen, die vereinzelt in den Gärten standen. Beinahe greifbar strahlten die grauen Betonplatten des Fußwegs die aufgestaute Hitze in Jules Gesicht zurück. Ach, was liebte sie diese Sonnentage! Mit jedem Schritt besserte sich zusehends ihre Laune.

Fünf Minuten später stand sie in der Amtsgasse vor dem »Sachsenstübel«, über dessen dunkelbrauner, hölzerner Eingangstür ein schmiedeeisernes Werbeschild mit der Aufschrift »Steigerbier« angebracht war.

Das Haus zählte zu den wenigen in Königstein, das nach der Wende einen Investor und damit eine vollkommene Renovierung erfahren hatte. Oben ein neues, rotes Ziegeldach. Die Hausfassade hatte einen leuchtend gelben Anstrich erhalten.

Beim Betreten der hellen, gemütlich rustikal möblierten Gaststube empfing Jule eine klimatisierte Temperatur. Unschlüssig stand sie auf dem hell gefliesten Boden und sah sich nach einem geeigneten Platz um. Lediglich ein junges Pärchen hatte an einem Tisch und ein einzelner älterer Herr auf einer Bank Platz genommen. Noch zögerte sie, ob sie sich nicht am Fenster auf eine der rot-gelb gepolsterten Bänke setzen sollte. Obwohl es so angenehm kühl war, ging sie hinaus ins Freie und steuerte im Biergarten auf einen Tisch unter einem riesigen weinroten Sonnenschirm zu. Wie viele solch herrlich heiße Tage gab es schließlich hierzulande! Das wollte sie nutzen!

Ohne einen Blick auf die Speisekarte zu werfen, bestellte sie ein Radler und Prager Schinken mit Weißkraut und Kartoffelklößen.

Wenn Jule in der Stadt einmal essen wollte, was nur selten vorkam, dann ging sie hierher. Daher waren auch sie und die etwas korpulente, immerhin flinke schwarzhaarige Kellnerin sich zumindest vom Sehen her nicht fremd.

Umgehend brachte die Kellnerin das kühle Radler und stellte es auf einem Bierdeckel ab. Zehn Minuten später nahm Jule Messer und Gabel und begann die dampfenden Klöße zu teilen.

Als sie mit dem Essen fertig war, räumte die freundliche, nicht mehr ganz junge Frau das Geschirr ab.

Und, wie wär's, darf es noch ein Nachtisch sein?

Ermuntert durch diese Frage, griff Jule zur Karte und bestellte kurzerhand die Beschwipsten Zimtpflaumen mit Vanille und Sahne. Wenn schon, denn schon!, sagte sie sich.

Auch diese überaus mutige Entscheidung konnte nicht verhindern, dass die schwermütigen Gedanken an die heutigen Begegnungen mit aller Macht zurückkehrten. Das Gespräch mit der Freundin hatte sie schnell abgehakt. Gut, sie beide hatten vollkommen unterschiedliche Lebenswege beschritten. So standen sie heutzutage auch in dementsprechend anderen Situationen da. Zu mutmaßen, wie ihr Weg verlaufen wäre, hätte sie damals Jörg geheiratet, wäre reine Spekulation. Nur, in dem Punkt war sie sich sicher, zu einer zweiten Ursula wäre sie niemals geworden. Vielleicht sollte sie noch heute dem Schicksal dankbar dafür sein, dass es damals mit Jörg schiefgelaufen war. Schließlich hatte sie den Dickschädel ihres Vaters geerbt. Deshalb konnte wohl auch nichts in der Welt sie davon abbringen, ihren ersten Berufswunsch, Tierärztin zu werden, aufzugeben und stattdessen Journalistik zu studieren. Ach ja, das Leben war voller Wenn und Aber …

Was das Verlangen nach Männern anging, da hielt sie sich an den hübschen Vergleich, den sie einmal gehört hatte: Wenn ich ab und zu mal ein Glas Milch trinken möchte – weshalb sollte ich mir dann gleich eine ganze Kuh anschaffen?

Andererseits steckten Mutters Worte: Du gehst auf die Vierzig zu, von da an geht's bergab … fest verwurzelt in ihrem Kopf. Jule blies die Luft mit einem tiefen Seufzer aus. Sollte sie tatsächlich auf

Mutters Spuren wandeln? Nachdenklich rieb sie die Hände. Blieb als Alternative nur der pure Zufall: Hoffen auf eine zufällig sich ergebende, spontane Lebensgemeinschaft. Gemeinsam wohnen ohne Heirat, ohne bindende Verpflichtungen. Wenn es aus war, war es aus. Kein Stress mit einer Scheidung, keinerlei Probleme mit der Vermögensaufteilung. So zusammen sein wie Mutter und Hartmut. Nur wesentlich intensiver. Allerdings, das wäre die Bedingung, Kinder wollte sie unter keinen Umständen bekommen. Also: eine Beziehung ja, Kinder nein.

Lächelnd stellte die Kellnerin den Nachtisch vor Jules Nase ab.

Ein nachdenkliches Lächeln huschte über ihr Gesicht. Nein, das konnte sie nicht glauben – waren diese Gedanken bereits die Vorboten einer Midlife-Crisis?

Energisch fasste sie den langstieligen Löffel. Der Nachtisch war ein Gedicht!

Und Harry? Da hatte sie sich entschieden. Die Keule, die sie anfangs herausgeholt und bereits geschwungen hatte, die hatte sie längst weggesteckt. Alles wollte sie von ihm erfahren, alles von ihm wissen. Und sei es noch so übel! Wenn es ihm helfen würde, über seinen Scheiß, den er angerichtet hatte, zu reden, um damit mit seiner Vergangenheit ins Reine zu kommen, dann war sie bereit dazu. Zumal er bereits mehr als einen Schritt in diese Richtung getan hatte.

Zugleich spürte Jule die Verantwortung, die sie auf sich laden würde. Nun aber wollte sie sich nicht mehr davor drücken. Dass sie ihre Mutter nicht mehr mit einbeziehen wollte, gehörte zu ihrem Plan. Selbst auf deren Lebenserfahrung wollte sie verzichten, um Harrys Verhalten besser zu verstehen.

Noch während sie zu zahlen wünschte, fiel ihr ein, dass sie es keinesfalls versäumen durfte, den Text ihres Leipzig-Referates an Altmann zu schicken. Schließlich hatte sie den heutigen Tag von ihm dafür frei bekommen.

Auf den heißen Tag folgte in der Nacht ein heftiges Gewitter, wie Jule es niemals zuvor erlebt hatte. Obwohl von Natur aus nicht ängstlich, waren ihr die Blitze und Donnerschläge so mächtig in die Glieder gefahren, dass sie bald schweißgebadet unter die Bettdecke gekrochen war. Schließlich war sie erst gegen Morgen wieder übermüdet eingeschlafen.

Feuchte, erdige Luft schlug ihr entgegen, als sie am Morgen aus dem Haus trat.

Jule beeilte sich und fuhr los. Alltagsarbeit war zu verrichten.

Natürlich war in der Pirnaer Redaktion das Unwetter der vergangenen Nacht *das* Thema. In Dohna, dem kleineren Städtchen nahe Heidenau, war ein Blitz ins Dach eines Wohnhauses eingeschlagen. Trotz des schnellen Erscheinens und Eingreifens der Feuerwehr war das Haus nicht mehr zu retten gewesen und vollkommen ausgebrannt.

Der Chef ließ nichts von sich hören. Jule überlegte hin und her. Sie beschloss, ihn ebenfalls nicht anzurufen. Sollte er, so entschied sie sich, während der nächsten Redaktionssitzung nicht auf ihre Leipzig-Erfahrungen eingehen, dann wollte sie einen günstigen Zeitpunkt abpassen und sich zu Wort melden, einfach beginnen, über Leipzig zu berichten. Dann würde er sehr gute Gründe vorbringen müssen, um ihr das Wort abzuschneiden. Was für ihn nicht einfach wäre, zumal die Mitarbeiter und anwesenden Redakteure auf solche Neuerungen und Erläuterungen geradezu versessen waren. Schließlich hatte Altmann unter seinen Mitarbeitern nicht nur Freunde. Sicher, das wäre eine Kampfansage. Fast hoffte sie, dass es so käme. Andererseits, was würde sie – außer einem kurzfristigen Erfolg – tatsächlich gewinnen? Den Vorschlag, die Leitung einer überregionalen Internet-Seite zu übernehmen, könnte sie dann getrost vergessen.

Mit solchen Gedanken brachte Jule die Woche hinter sich, während sie zu Tatorten fuhr, befragte, notierte und schrieb.

Daneben begleiteten sie noch andere Gedanken. Ob sie tatsächlich keine Zeit für einen Besuch bei Harry hatte, oder ob sie sich vielleicht einredete, keine Zeit haben zu wollen? Sie wusste es selbst nicht.

Dafür hatte sie mit Mutter telefoniert und mit ihr vereinbart, dass sie sich »Romeo und Julia« in der Felsenbühne in Rathen ansehen wollten.

Samstag. Kurz vor dreizehn Uhr stieg Ines zu Jule ins Auto. Eine halbe Stunde später stellte diese ihren Renault in Kurort Rathen auf dem Parkplatz neben dem Elbweg ab. Mit der Doppelfähre überquerten sie die Elbe und gelangten nach der nur wenige Minuten dauernden Überfahrt an die Fährstelle Niederrathen. Entlang des Weges Am Grünbach durchliefen sie den Rathener Kurort und bogen auf den Amselgrund ein.

Jule hatte die zwei jeweils dreißig Euro kostenden Eintrittskarten bereits übers Internet besorgt. Es war nicht einfach gewesen, sie in solch kurzer Zeit zu ergattern. Aber als Journalistin hatte sie so ihre Beziehungen.

Sie hatten noch gut eine Stunde Zeit, bevor die Vorstellung begann. Langsam trabten sie Richtung Amselsee und ließen auf halber Strecke zunächst den Zugang Felsenbühne links liegen.

Gelegen zwischen den Felsformationen Kleine Gans und Großer Wehlturm vermittelte diese Spielstätte den Besuchern eine ungemein romantische Atmosphäre. Die in einem Halbrund angeordneten Bankreihen, die zweitausend Besuchern Platz boten, erinnerten an ein griechisches Amphitheater.

Eine bewegte Geschichte hatte es aufzuweisen. Um noch mehr Touristen in diese einmalig schöne, bizarre Landschaft zu locken, war es im Jahre 1936 eröffnet worden. Wegen des Zweiten Weltkrieges musste der Spielbetrieb ab 1942 vorübergehend eingestellt werden. Mit der Operette »Der fidele Bauer« von Leo Fall wurde 1946 diese Zwangspause beendet. Verschiedene Institutionen übernahmen danach die Verantwortung und Kontrolle, ehe schließlich die Landesbühnen Sachsen das Recht der alleinigen

Nutzung der Felsenbühne bekamen. Goethes Drama »Götz von Berlichingen« stand bei der feierlichen Wiedereröffnung am 1. Pfingsttag 1954 auf dem Programm.

Bis zum heutigen Tag blieb es bei diesen Besitzverhältnissen.

Längst hatte die Schweigsamkeit ihrer Tochter Ines signalisiert, dass diese etwas bedrückte. Deshalb wartete sie geduldig und schwieg ebenfalls.

Jule begann, entgegen ihrer ursprünglichen Absicht, von Harry zu erzählen.

Aufmerksam und äußerst interessiert hörte Ines ihrer Tochter zu. Je mehr sie über Hartung erfuhr, desto bewusster wurde ihr, wie tief die innere Zerrissenheit dieses Mann sein musste. Was für seelische Schmerzen er durchlitt. Zugleich verstand sie an der Art, wie Jule von ihm redete, dass er voll auf sie setzte. Dass er hoffte, sie könne ihm helfen, sich von seinen Fesseln zu befreien.

Einträchtig, die Blicke meist auf den Boden gerichtet, trabten sie nebeneinander her.

Was Jule nicht wusste, was sie nicht einmal erahnte, waren die Sorgen, die Vorwürfe, die sich ihre Mutter machte. Nein, nie und nimmer hätte Ines es für möglich gehalten, dass sich ihre Tochter derart zäh an Hartungs Schicksal festbeißen würde. Schließlich hatte sie – zugegebenermaßen – seinerzeit während des Wutanfalls ihrer Tochter diese mehr oder weniger gedankenlos provozieren, ihr eine Lektion erteilen wollen. Nun bekam sie die Quittung dafür. Ihr Ablenkungsmanöver, als nichts anderes war es gemeint, hatte zweifelsohne eine Lawine ins Rollen gebracht. Sie hatte etwas in Gang gesetzt, und nun musste sie ansehen, wie zwei Menschen aus verschiedenen Richtungen versuchten, einen verschütteten Eingang freizulegen. Dass Jule dabei besonders das gegenseitige Vertrauen als Grundvoraussetzung im Auge hatte – das beunruhigte Ines geradezu. Je mehr Jule von Harry erzählte, dass und wie sie dem Menschen Hartung helfen wollte, desto unwohler wurde es Mutter. Sie konnte nur hoffen, dass das freundschaftliche Verhältnis zwischen den beiden in dieser

Form bestehen blieb. Eine Freundschaft, basierend auf reinem Vertrauen.

Nur allzu gerne hätte Ines diese Gedanken laut gegenüber ihrer Tochter geäußert. Schweren Herzens ließ sie es bleiben. Heute sollte es keinen Streit geben.

Stattdessen hakte sie sich energisch bei Jule unter und beschleunigte den Schritt.

Komm, sagte sie lachend, lass uns heute einfach mal einen schönen Tag genießen.

Einverstanden!

Mit offenem Blick sahen sie auf den neben ihnen quirlig dahinplätschernden Amselgrundbach. Gelegentlich wurde er auch als Grünbach bezeichnet. Der Amselsee selbst, mehr eine angestaute Verbreiterung dieses Baches, war rund fünfhundert Meter lang. Seit vielen Jahren diente dieser einem recht ordentlich florierenden Bootsverleih.

Als sie in die Nähe des Sees kamen, gewahrten sie in knapp einhundert Metern Entfernung, dort, wo sich das Kassenhäuschen befand, einen Menschenauflauf. Böses ahnend, kamen sie rasch näher.

Hilfe!, hörten sie. Und: Er ist tot!

Bald schon entnahmen sie den Gesprächen um sie herum, was vorgefallen war: Während die Eltern an der Kasse die Karten zum Rudern holten, war ihr sieben-jähriger Sohn am Ufer des Amselsees ins Wasser gerutscht und ertrunken.

Jules erster Griff war instinktiv der zum Fotoapparat. Altmann wäre begeistert über diese Blitz-Reportage! Aktueller würde es nicht gehen!

Gänsehaut überzog sie. Entschlossen nahm sie die Hand von der Kamera. Nein, dieses unfassbare Unglück, diese entsetzlich verzweifelte Familie, die soeben ihr Kind verloren hatte, durfte nicht auch noch das Opfer der Sensationspresse werden. Ewiglich würde sie sich das vorhalten

Komm, lass uns gehen!

Jule zog ihre Mutter energisch fort.

Gleichfalls zutiefst geschockt, folgte Ines ihrer Tochter Richtung Felsenbühne.

Frisch und klar war die Luft, als Jule Montagmorgen gegen sieben Uhr ins Auto stieg, um nach Dresden zur Redaktionskonferenz zu fahren.

Während sie sich in den einsetzenden Morgenverkehr einreihte, drehte sie das Autoradio bewusst leiser. Noch immer hatten sie die Gedanken an das gestrig geschehene Unglück nicht losgelassen. Wortlos waren Mutter und sie zu Shakespeares Trauerspiel gegangen und hatten es an sich vorbeiziehen lassen. Jule, gewöhnlich kritisch aufmerksam, hätte am Ende nichts zu der Qualität der Aufführung sagen können. Da auch Mutter die ganze Zeit geschwiegen hatte, war sie mit ihren Gedanken allein geblieben.

Irgendwie, fühlte Jule, hatte sich etwas in letzter Zeit in ihrem Denkschema verändert. Wie, ging es ihr durch den Kopf, würden die Eltern dieses ertrunkenen Kindes mit der Situation zurechtkommen? Vorwürfe mochten diese sich selbst schon genug machen. Viel schlimmer aber war wohl der Gedanke, wenn er denn erst einmal aufgekommen war: Wer von beiden Schuld hätte, wer – wie es möglicherweise abgesprochen war – bei dem Jungen hätte bleiben sollen. Und dann neben den Tröstungen durch Freunde und Bekannte auch noch deren Anfragen, die versteckten Vorwürfe, Schuldzuweisungen von denen, die ja schon immer gewusst hatten, dass …

Noch im Nachhinein fühlte sich Jule erleichtert, dass sie am Amselsee nicht als Journalistin reagiert hatte. Zugleich kamen ihr Ursulas Worte, was Verantwortung gegenüber einer Familie anging, wieder in den Sinn. Hatte ihre Freundin vielleicht doch nicht so Unrecht?

Über Harry hatte sie mit Mutter gar nicht mehr gesprochen. Wie belanglos doch scheinbar wichtige Dinge von einem Moment zum nächsten werden konnten!

An diesem Montag hatte Altmann großen Wert auf die Vollzähligkeit aller gelegt. Daher waren alle Ressortleiter, sprich Regionalchefs und die fünfzehn Lokalchefs, anwesend. Dass Jule bei der Eröffnung neben dem Chef Platz nehmen durfte, löste in ihr ein unglaubliches Gefühl der Enttäuschung aus. So dauerte es auch nicht lange, bis ihr Unwohlsein die entsprechende Nahrung bekam. Altmann musste ihren Leipziger Bericht gründlich durchgearbeitet haben. Denn er hatte offenbar begriffen, dass seine Position, seine Karriere davon abhängen konnte, wie er mit der Aufgabe Zukunftsgestaltung umgehen würde. Deshalb hatte er die Konferenz unter das Motto gestellt: Der digitale Journalismus - ein Muss unserer Zeit.

Geradeso, als hätte er selbst diese Neuerung erfunden, erläuterte er mit unglaublicher Empathie Jules Aufzeichnungen. Kein Wort der Anerkennung fiel dabei über die eigentliche Verfasserin des Textes.

Lediglich den einen Hinweis erlaubte sich Altmann – dass bei ungeklärten Dingen die Kollegin Stein befragt werden könnte. Dabei wies er gönnerisch lächelnd mit einer Handbewegung auf Jule.

Normalerweise hätte sie eine solche Situation umgehend für sich ausgenutzt und sich dankbar lächelnd dem Gremium zugewandt.

Allein Altmeiers Art des Auftritts hielt sie davon ab. Kurzentschlossen täuschte sie einen Hustenanfall vor, stand auf und verließ, ein Taschentuch vor den Mund haltend, umgehend den Versammlungsraum.

Ihre Hoffnung auf die Leitung der digitalen Zusammenarbeit der lokalen Regionen hatte sie bereits vor der Versammlung begraben müssen, als sie im Vorfeld aus Gesprächen mitbekommen hatte, dass die junge Lokalchefin aus Bautzen, Altmanns Favoritin, für diesen neuen Posten vorgesehen war. Jetzt erst fiel Jule ein, dass sie selbst ja im Anhang an ihre Aufzeichnungen die Überlegungen an diese neue Funktion erdacht hatte. Nur hatte sie diese dummerweise mit an Altmann geschickt.

Entnervt, trotzdem nicht missmutig, verließ Jule Dresden. Nach Hohnstein wollte sie. In punkto Windräder tat sich etwas.

Kurz vor Hohnstein summte ihr Handy. Erstaunt nahm Jule auf ihrem Display die Nummer von Harrys Apparat wahr. Das erste Mal, dass er sich bei ihr meldete.

Scharf bremste Jule das Auto ab. Hinter ihr hörte sie es quietschen. Beschimpfungen flogen an ihr Ohr. Instinktiv hob sie ihren linken Arm und schwenkte ihn durch das geöffnete Fenster mit dem bewussten Mittelfinger hin und her.

Ja?, sagte Jule, nachdem sie das Fenster geschlossen hatte.

Wäre schön, wenn du kommenden Sonntag Zeit für mich hättest. Sagen wir 15.00 Uhr? Ich denke, ich bin es dir schuldig; ich habe dir noch eine ganze Menge zu erzählen.

Ohne überlegen zu müssen, sagte sie zu. Seltsam aufkommende Wärme durchströmte sie.

Wie Jule vor Ort herausfand, nahmen neben dem Landrat auch der Vorsitzende des Ortsrates von Rathewalde und der Bürgermeister von Hohnstein sowie Vertreter der Kommunen an der Debatte bezüglich des geplanten Windparks teil. Was allerdings nicht nur die Bewohner verprellte, war die Tatsache, dass die Anwohner von all den Besprechungen ausgeschlossen und dass mehrere tausend Unterschriften der Bürger ignoriert werden sollten.

Das konnte nicht gutgehen. Dabei hatten die eigentlichen Profiteure, wie die Windenergielobby, die Banken, die Fondsgesellschaften und nicht zuletzt die Grundstückseigentümer ein ausgiebiges Interesse an diesem Windpark. Nur, was vielen nicht bekannt war und was jetzt ans Tageslicht kam: Bereits vor Jahren hatte der Regionalverband Pirna/Sebnitz den Bau dieser und anderer Windradanlagen geplant. Die tatsächliche Genehmigung der vorliegenden Pläne wäre damit nur noch eine Formsache gewesen. Doch offensichtlich hatte der Regionalverband in diesem Falle ganz ordentlich an den Bürgern vorbeigeplant.

Der Sonntagmorgen hatte sich ein graues, mildes Gewand umgelegt. Verschlafen blinzelte Jule auf dem Balkon in den Himmel. Gähnend ging sie in die Wohnung zurück. Der Radiosender sagte voraus: …ein Hochdruckgebiet durchzieht … bedeckt … keine nennenswerten Niederschläge … gegen Nachmittag … örtlich Sonnenschein …

Ohne Eile deckte Jule den Tisch.

Am Nachmittag, wie versprochen, wollte sie Harry besuchen. Wenn sie ihn richtig verstanden hatte, wollte er ihr ein weiteres Kapitel seines großen Geheimnisses präsentieren.

Gottlob war sie mittlerweile mit Altmann ins Reine gekommen. Das war knapp gewesen! In der Tat hätte das übel für sie ausgehen können, hätte er ihre Entschuldigung für ihren Abgang am Montag nicht angenommen. Einen Tag später war sie hingefahren. Altmann war es sichtlich schwergefallen, die Entschuldigung anzunehmen, zumal er sich von ihr hintergangen fühlte. Andererseits wusste er natürlich zu schätzen, welch ein Journalistenjuwel er da in seinen Reihen hatte.

Unmittelbar nach dem Frühstück brach Jule zu einer improvisierten Radtour auf. Anfangs hatte sie überlegt, ob sie nicht Ulla anrufen sollte? Vielleicht Jörg? Schließlich war sie allein losgefahren.

Von Königstein aus machte sie sich ins Bielathal Richtung Rosenthal auf den Weg. Langsam radelte sie dahin, wie in einem Tunnel unter dem Dach des dichten dunkelgrünen Blättergeflechtes der Ahornbäume.

Nach einer guten Stunde hatte sie die zwölf Kilometer bis Rosenthal zurückgelegt. Einen kurzen Moment überlegte sie. Dann steuerte sie auf die neoromanische Kirche am Ortsrand zu. Dort stieg sie vom Rad und lehnte es gegen die Sandsteinmauer. Bevor sie die breiten hellen Stufen zur Kirche hinaufging, verweilte sie einige Augenblicke vor einem gut zwei Meter hohen Denkmal zur Erinnerung an die im Ersten Weltkrieg Gefallenen des Ortes. Beim Anblick des übergroßen aus Sandstein gemeißelten Stahlhelms glitt ein Schmunzeln über ihr Gesicht. Als Kind, das war ihr im Gedächtnis haften geblieben, war sie mit den Eltern einmal hier gewesen. Die Familie eines Eisenbahnerkollegen Vaters hatten sie besucht. Vier Jahre alt mochte sie damals gewesen sein, und sie hatte staunend vor dem »großen Hut«, eben diesem überdimensionalen, nach vorne offenen Stahlhelm gestanden.

Mit Bedauern musste sie feststellen, dass die Kirchentür verschlossen war.

Jule warf einen Blick auf ihre Uhr. Langsam ging sie zum Fahrrad zurück, schob es die knapp einhundert Meter Richtung »Gasthof zum Erbgericht« hinauf.

Gegen vierzehn Uhr war sie zurück in Königstein.

Noch eine ganze Stunde Zeit blieb ihr. Sie duschte und entschied sich danach für die hellblauen Jeans und ein fliederfarbenes T-Shirt.

Wieder und wieder kreisten ihre Gedanken wie in einem Karussell in ihrem Kopf, ohne je an einem Ziel anzukommen. Schon während der Fahrradtour war es ihr nur schwerlich gelungen, sich gedanklich von der bevorstehenden Begegnung mit Harry freizumachen.

Das Schlimme war, dass sie absolut nicht vorhersehen konnte, was er ihr erzählen würde. Vor allem wusste sie nicht, was am Ende stehen würde. Hatte er nicht selbst von sich behauptet, dass er ein »viel größerer Idiot« gewesen sei? Wie würde sie am Ende reagieren? Ihm womöglich eine runterhauen und weglaufen? Oder aber – vielleicht würden sie beide sich weinend in den Armen liegen? Richtig! Ursulas Ermahnungen fielen ihr ein. Und sie hatte sich selbst versprochen, die Sache mit Harry durchzustehen. Fair wollte sie sein. Ohne Wenn und Aber.

Je mehr sie sich Pirna näherte, desto ruhiger wurde sie seltsamerweise.

Mit flottem Schwung bog sie auf den Parkplatz des Heimgeländes ein, um auf dem Platz ihrer Mutter den Renault abzustellen. Um ein Haar hätte sie das dort bereits parkende Auto gerammt. Jule stutze. Das war doch das von Ines! Seltsam, soweit sie sich erinnern konnte, hatte Mutter heute ihren freien Tag.

Noch immer leicht verunsichert, stand Jule vor Harrys Tür.

Mit einem freundlichen, lockeren »Herein!« bat er Jule einzutreten. Als sie die Wohnung betrat, glaubte sie ihren Augen nicht zu trauen, Mutter stand da und grinste sie an.

Nur wenige Worte reichten, um die Situation zu klären: Ines waren Harrys Unterlagen selbstverständlich vertraut. Daher wusste sie von dessen fünfundsechzigstem Geburtstag am heutigen Sonntag. Er selbst hatte sie eingeladen, mit dem Wissen, dass auch Jule kommen würde.

Auf dem Balkon nahm sie auf ihrem angestammten Stuhl Platz. Gedeckt war der kleine Tisch mit zwei Sektgläsern und einem der üblichen Gläser, wie Jule sie kannte. In der Mitte des Tischs stand ein Schälchen mit Knabberzeug. Irgendwie fühlte sie sich überrumpelt.

Mutter hatte ein überaus entspanntes, fast fröhliches Gesicht, als sie auf den Balkon kam und neben Jule Platz nahm. Harry betrat den Balkon mit einer bereits geöffneten Flasche Sekt, die er ausgelassen hin- und herschwenkte. Zufrieden dreinschauend füllte er die beiden Gläser. In sein eigenes goss er Apfelsaft. Lachend prosteten sie einander zu, gaben dem kristallenen Klang der Gläser freien Lauf und nahmen schließlich einen Schluck. Dann setzten sie die Gläser erwartungsvoll ab und warteten gespannt darauf, was nun folgen würde. Jetzt endlich, so hatte Harry es angedeutet, würde er erklären, weshalb er so lebte.

Bevor er begann, nahm er noch einen kleinen Schluck.

Dann, an Jule gewandt, begann er: Damit du es weißt – deine Mutter hat mir, bevor du erschienen bist, erzählt, dass du sie in meine bisherigen Erlebnisse eingeweiht hast. Im Übrigen hatte ich mir das schon gedacht. Ehrlich gesagt, sogar erhofft.

Er legte eine kleine Pause ein und begann:

Nun, meine Frau und ich lebten also weiterhin zusammen, obwohl eine Scheidung durchaus logisch gewesen wäre. Zumal meine Schwiegereltern und ich längst zu Fremden geworden waren. Sinnigerweise schliefen Gerlinde und ich nach wie vor im Ehebett. Und tatsächlich, wenn wir uns dort einander mal näher kamen, was selten genug vorkam, dann auch nur, weil der eine oder der andere von uns einen gewissen Drang verspürte, seinen sexuellen Zustand befriedigen zu müssen. Überhaupt waren wir freundlich im Umgang miteinander.

So gingen die Jahre dahin. Unser Sohn wuchs auf, machte 1988 das Abitur.

Ich selbst hatte das große Trinken hinter mir gelassen. So hätten wir uns zu einer sogenannten Durchschnittsfamilie entwickeln können, wenn mir da nicht im Juli 1986 das Schicksal ein grobes Bein gestellt hätte. In jenem Sommer saß ich in Sebnitz am Markt in einem Café, als eine ehemalige Schülerin von mir vorbeikam. Wir begrüßten einander, umarmten uns, und sie setzte sich zu mir. Ein bildhübsches Frauenzimmer war sie geworden. Lange schwarze Haare, ein ebenmäßig ovales Gesicht, dunkelbraune Augen, eine feine, gerade Nase und leicht aufgeworfene Lippen. Und schlank war sie. Wie ein Mannequin. Dazu war sie gänzlich schwarz gekleidet. In Gedanken rechnete ich die Jahre zurück, seit ich sie aus der Schule entlassen hatte. Mindestens neunzehn musste sie sein. Lange Rede, kurzer Sinn: Wir trafen uns noch mehrfach. Ich erzählte von meiner gescheiterten Ehe. Sie vertraute mir unter anderem an, dass sie als Kind von ihrem Vater mehrfach missbraucht worden sei und dass ich wahrscheinlich gar keine Vorstellung davon hätte, wie vielen Mädchen – sogar aus ihrer, meiner Klasse damals – das widerfahren sei. Und dann berichtete sie mir noch, dass eine Beziehung zu ihrem Freund wenige Tage zuvor in die Brüche gegangen war.

Da saßen wir zwei, kannten uns, hielten uns an den Händen und reflektierten über unser elendes Leben. Letztlich gingen wir eines Tages in ihre Mansardenwohnung und schliefen miteinander. Es war das erste Mal, dass ich meine Frau betrogen hatte. Mit aller Heftigkeit und Intensität hatten wir uns geliebt. Und doch, als sei damit aller Zauber von uns geflogen, hatten wir uns danach nie wieder gesehen.

Harry stand auf, holte die Sektflasche und goss beiden nach.

Hattest du das Fremdgehen deiner Frau gebeichtet?, wollte Mutter wissen.

Harry antwortete ohne überlegen zu müssen: Nein, dafür habe ich mich zu sehr geschämt. Oder mir fehlte der Mut.

Dann fügte er hinzu. Übrigens, was hätte das auch gebracht? Unser loser Zustand hätte durch mein Geständnis vermutlich alle noch bestehenden Bande gelöst. Nein, die Sache war endgültig vorbei. Marie und ich hatten uns ja sowieso nicht mehr gesehen. Es war unser Geheimnis. Und dabei sollte es auch bleiben.

Harry sog fest an seiner Zigarre, die er sich anfangs angezündet hatte.

Dann aber begann mein eigentlicher Abstieg.

Im Mai 1989, seit Tagen hatte es geregnet, saß ich wieder mal nach dem Unterricht allein in meiner Kneipe und trank ein Bier. Zwei Männer, die ich nicht kannte, kamen an meinen Tisch und fragten, ob sie sich zu mir setzen dürften. Was sollte ich dagegen haben. Wer weiß, vielleicht käme es zu einem guten Gespräch? Dazu kam es nicht. Sie verloren keine Zeit. Schnell fand ich heraus, dass die beiden ein ganz spezielles Interesse hatten. Um meinen Schwiegervater ging es vornehmlich. Wie ich zu ihm stünde und ob ich nichts über seine wirtschaftlichen Pläne wüsste. Zum Glück musste ich mich nicht dümmer stellen, als ich es diesbezüglich war. Ich hatte keinerlei Ahnung. Dann sollte ich auf diesem Gebiet etwas nachholen, meinte der eine, ein langer, dünner Kerl mit auffallend großer Hakennase. Er schien der Chef zu sein, denn nur er redete mit mir. Als ich ihm mein absolutes Desinteresse an der Firma beteuerte, wurde er deutlich: Wir wollen wissen, von dir erfahren!, welche Schleichwege dein Schwiegervater benutzt, um unseren Staat zu bescheißen. Verstanden?

Das war deutlich. Trotzdem, so wenig ich meine Schwiegereltern mochte, sie auszuspionieren war ich absolut nicht bereit.

Der andere, ein kleinerer, untersetzter Typ, griff in die Seitentasche seines Jacketts und holte einen zusammengefalteten Bogen Papier heraus. Er schlug ihn auf und breitete ihn vor mir auf dem Tisch aus. Dann griff er ein zweites Mal in die Innentasche und legte einen Kugelschreiber neben das Blatt. Hier, unterschreib!

Ich brauchte nicht lange, um zu begreifen, was man von mir verlangte.

Und wenn ich die Verpflichtung nicht unterschreibe ...?

Der mit der Hakennase lächelte. Du wirst unterschreiben. Dann sah er mich mit zusammengekniffenen Augen an. Oder möchtest du, dass wir deiner Frau von deinem Tete-á-Tete mit deiner ehemaligen Schülerin erzählen? Auch dein Direktor wäre bestimmt nicht begeistert davon.

Wenn Gerlinde das alles erführe, wäre es vorbei. Hatte ich die Familie schon beruflich enttäuscht, so hatte sie mich doch als einigermaßen ehrbaren Vater akzeptiert. Schlimm genug, dass auch Michael nicht in den Fleischereiberuf einsteigen würde. Er hatte sich an der TU Dresden beworben und begann Design zu studieren.

Und Schwiegervater? Ich wusste wirklich nicht viel von ihm. So sehr wir uns auch aus dem Weg gingen, was mir Respekt einflößte, war, wie er nach dem Krieg die Fleischerei seines Vaters übernommen und es bislang mit Geschick verstanden hatte, wenigstens nur halbstaatlich zu bleiben.

Ihn zu bespitzeln, wäre mir mehr als schäbig vorgekommen.

Aber nun saß ich vor diesem Scheißpapier und befand mich in einer Scheißklemme.

Ich sah keinen anderen Ausweg, als meine Unterschrift darunter zu setzen. Damit konnte ich Zeit gewinnen. Wenn ich nichts

Negatives über meinen Schwiegervater in Erfahrung brächte, würde ich auch nichts melden können.

Als sie meine Unterschrift hatten, standen sie auf und verschwanden augenblicklich.

Es war Harry anzumerken, wie sehr ihn diese Beichte mitgenommen hatte. Nur langsam lösten sich seine Hände von dem Glas, das er so fest umklammert hatte, dass die Gefahr bestand, es würde augenblicklich zerspringen.

Wort- und reglos hatten die beiden Frauen zugehört.

Mit plötzlich wieder fester Stimme versuchte Harry die beiden aufzumuntern. So, rief er, das reicht für heute. Dann stand er auf, nahm sein Glas mit Apfelsaft, hob es in die Höhe und verlangte: Jetzt möchte ich doch ein wenig meinen Geburtstag feiern. Prost!

Vor Ort in Hohnstein hatte Jule reichlich zu recherchieren. Die Sache um den Windpark Rathewalde glich geradezu einem Possenspiel. Genauer gesagt ging es um mehrere dieser geplanten Anlagen. Es betraf das sogenannte Rahmenordnungsprogramm. In diesem war der Zeitplan für vorgesehene Windparks schon seit Jahren festgeschrieben. Nun geriet der Plan gehörig ins Wanken, denn im kommenden September lief das Programm aus. Natürlich versuchten die Kommunalpolitiker und die Landtagsabgeordneten alles, damit dieser Zeitplan auch eingehalten werde. Allerdings saß das Amt für regionale Landesentwicklung dem Regionalverband im Nacken. Da nach dem letzten Bürgerbegehren mehrere Änderungsanträge eingebracht worden waren, mussten die Bürger erneut befragt werden. Und das würde garantiert Jahre dauern. Damit hatte sich diese Sache für Jule erledigt.

Solange Jule sich beruflich mit ihrer Materie befasste, konnte sie die persönlichen Gedanken völlig ausblenden. Erst, wenn sie an Privates dachte, fiel ihr wieder die letzte Begegnung mit Harry ein. Vergeblich versuchte sie, das von ihm Gehörte möglichst nicht an sich heranzulassen. Dabei bohrte, zwar unbewusst, doch ziemlich gemein, die Frage in ihr, wie sie wohl an seiner Stelle gehandelt hätte. Nicht unterschreiben? Einfach reinen Tisch machen? Die Stasi auflaufen lassen? Jule fand keine befriedigende, ehrliche Antwort. Ja, im Nachhinein war es leicht, ein Held zu sein. Nur, im Moment der Entscheidung, da bist du so was von allein, ging es ihr durch den Kopf.

Überraschenderweise kam Altmann auf Jule zu, fragte, ob sie sich vorstellen könne, in einem neu gegründeten Gremium der Zeitung mitzuarbeiten. Sie als hervorragende Journalistin hätte sich doch gewiss auch schon gefragt, ob dem, was sie schreibe, eine grundsätzliche Objektivität zugrunde liege. Einfacher gesagt, ob letztlich nicht jede Nachricht auch eine innere Haltung, eine subjektive Sichtweise des Verfassers in sich trüge.

Jule war sich nicht sicher, worauf ihr Chef da hinaus wollte. Sollte sie ihm einfach nur zustimmen - oder gab es da ein gemeines Hintertürchen, durch das er sie hinaus befördern wollte?

So zog sie es vor zu schweigen.

Aber Altmann schien es ernst zu sein: Ich möchte Ihnen vorschlagen, in dieser Kommission nicht nur mitzuarbeiten, sondern deren Leitung zu übernehmen. Totale Objektivität gibt es nicht. Das wissen wir beide. Doch um der Wahrheit so nahe wie nur möglich zu kommen, scheint es mir in dieser digital geprägten Zeit für uns unerlässlich, der Medienvielfalt so gerecht als nur möglich zu werden.

Nun endlich begriff Jule. Altmanns Favoritin für die digitale Zukunft hatte versagt. Jetzt bot er ihr über verschleierte Umwege diesen Posten an. Innerlich jubelte sie. Nur scheinbar zögerlich sagte sie zu.

Die Freude stand Jule ins Gesicht geschrieben. Beruflich war ihr ein entscheidender Schritt nach vorne gelungen. Von nun an hatte sie die regionale Ebene der Berichterstattung verlassen, und sie würde stattdessen für die gesamte digitale Vernetzung der »Sächsischen Nachrichten« im Bundesland Sachsen verantwortlich sein. Den Preis, dass damit ihre Freizeit gen Null tendierte, wollte sie gern bezahlen. Weshalb war sie schließlich familiär unabhängig geblieben? Ein Spruch fiel ihr ein: Was du bis vierzig nicht erreichst, schaffst du nie mehr! Schließlich hatte sie diese »Schallgrenze« noch nicht erreicht. So gesehen, blieb gar noch Luft nach oben. Das Grinsen in ihrem Gesicht verstärkte sich.

Selbst wenn es nicht einfach werden würde – den Kontakt zu Harry, hatte sie sich geschworen, wollte sie unter keinen Umständen abreißen lassen.

Die Erinnerungen an ihren Vater waren in Jule im Laufe der Jahre verblasst. Natürlich hatte sie ihn, trotz ihrer Uniformangst, stets vermisst. Ach, was hatte sie vor allem ihre Mitschülerinnen beneidet, wenn diese von ihrem tollen Papa erzählten! Der war, musste Jule feststellen, meistens erheblich leichter als Mutter zu erweichen, wenn es um die Erfüllung eines Wunsches ging. Gleich, ob es im Teenager-Alter um den Kauf von Kleidung ging oder um das Erbetteln von verlängertem Ausgang. Nur seltsam: Bei der Kleidung achtete Vater sehr auf sogenannte »züchtige« Kleidung. Der Bikini durfte nicht zu knapp. Keine Aufforderung an die Herren der Schöpfung also!

Nun hatte Jule in Harry einen Menschen gefunden, der vom Alter her ihr Vater sein könnte.

War das einer der Gründe, weshalb sie so an ihm interessiert war? Sie selbst spürte nur, dass sie in Harry einen Freund, einen väterlichen Freund gefunden hatte. Ein unschätzbares Geschenk in ihrem Leben, zumal die Zahl ihrer wenigen Freunde überschaubar war.

Am Sonntagnachmittag, es regnete schon den ganzen Tag, besuchte sie ihn, wie sie zuletzt verabredet hatten. Als kleines Geschenk hatte sie für ihn einen Bildband über das Elbsandsteingebirge besorgt. Als er die Tür öffnete, überreichte sie ihm augenzwinkernd das Buch: Damit du in Ruhe nachlesen kannst, wo wir gewesen sind. Dabei hoffte sie, dass er dieses Buch in seine leere Schrankwand stellen würde. Sorgsam entfernte Harry die Schleife und das Geschenkpapier und blätterte dann in den Seiten, wobei er mehrfach Hm, hm, sehr schön! murmelte.

Dann legte er das Buch auf den mit einer geblümten Decke belegten Tisch.

Ohne Umschweife begann er auf dem Balkon da fortzufahren, wo er vor einer Woche geendet hatte.

Jule konnte deshalb nicht umhin anzunehmen, dass Harry geradezu darauf brannte, seine ganze Geschichte endgülig loszuwerden.

Nun hatte ich mich also mit meiner Unterschrift dem Teufel verschrieben und mich verpflichtet, meinem Schwiegervater – sagen wir – auf mögliche Unregelmäßigkeiten hin nachzuspionieren. Ausgerechnet mir wurde das zugetraut! Wo ich mich doch von Beginn an aus allem herausgehalten hatte, was mit dem Fleischereibetrieb zu tun hatte. Selbst wenn ich nichts zu berichten in der Lage war, wurde mir nach und nach bewusst, auf welche Schweinerei ich mich da eingelassen hatte. Nein – so tief ich auch gesunken war, da würde ich nicht mitmachen. Doch eines hatte das bewirkt: Nie hätte ich geglaubt, dass ich einmal Respekt und Achtung vor meinen Schwiegereltern bekommen könnte. Auch vor Gerlinde und ihrer konsequenten Lebensweise.

Harry hielt kurz inne, bevor er fortfuhr: Kannst du dir eigentlich überhaupt vorstellen, wie meine Scham wuchs? Meine Verachtung vor mir selbst? Wie ich mich zu hassen begann? Hast du davon auch nur die geringste Vorstellung? Tatsächlich war mir im Laufe der Jahre völlig entgangen – wohl aufgrund meines absoluten Desinteresses – ,mit welcher Hoffnung, mit welchem Mut und letztlich mit welchem Erfolg sich die Familie den politischen Widrigkeiten zur Wehr gesetzt hatte.

Zögerlich fuhr sich Harry übers Haar, dann über sein Gesicht und zuletzt übers Kinn.

Angst hatte ich, unvorstellbare Angst. Wenigstens am Anfang.

Doch zu meiner Überraschung geschah nichts. Niemand meldete sich bei mir. Sie hatten wohl ganz andere Sorgen. Es war mittlerweile Ende August. Ungarn hatte die Grenzen geöffnet. Die Zahl der Ausreisewilligen ging in die Hunderttausende. Kurz – heute wissen wir es ja – der Zusammenbruch des Staates DDR stand unmittelbar bevor.

Mit der Wiedervereinigung wurden natürlich auch wir Lehrer auf unsere Vergangenheit überprüft. Ich war in keiner Partei gewesen, hatte ansonsten als braver Mitläufer meine pflichtgemäße Mitgliedschaft im FDGB und in der DSF durch regelmäßige, pünktliche Beitragszahlung bekundet.

So, wie Tausende anderer Lehrer gleich mir. Alles schien ausgestanden, in bester Ordnung. Und so lebten Gerlinde und ich unerwartet friedlich, eher wieder harmonisch, nicht mehr nur nebenher. In gewisser Weise waren wir uns wieder richtig nahe gekommen. Überhaupt ging es aufwärts mit der Familie. Die Schwiegereltern bekamen ihre Fleischerei als Privatbetrieb zurück. Nicht lange, und sie eröffneten Nebenfilialen in den umliegenden Ortschaften. Sogar bis ins Zentrum Dresdens hatten sie es geschafft!

1995, als Gerlindes Vater siebzig wurde, übergab er ihr die Leitung des Fleischereibetriebes. Sechs Jahre später starb er.

Unser Sohn Michael war unmittelbar nach der Wende nach München gegangen. Dort beendete er sein Studium, und er bekam eine Stelle bei BMW in der Design-Abteilung.

Harry machte erneut eine kurze Pause und nahm einen kleinen Schluck. Das, was er soeben erzählt hatte, hätte seinen Blick doch wenigstens versöhnlich erscheinen lassen müssen. Stattdessen senkte er den Kopf.

Ich war nun gewissermaßen zum zweiten Mal in die Familie meiner Frau integriert worden. Meine Kneipengänge gehörten längst der Vergangenheit an. Wie auch meine Erinnerung an die schmutzige Unterschrift. Unseren ersten Auslandsurlaub hatten wir in Italien am Gardasee verbracht. In den nächsten Jahren folgten die Algarve in Portugal, Sizilien, dann noch Zypern. Allerdings, seit meine Frau Chefin geworden war, blieb uns keine Zeit mehr für einen gemeinsamen Urlaub.

Vermutlich hatte sie heimlich gehofft, dass ich aus dem Lehrerberuf aussteigen und sie unterstützen würde. Zumal sie mitbekommen hatte, wie ich zusehends mehr und mehr von meinem Beruf enttäuscht war. Gewiss, ideologisch waren wir Lehrer zwar befreit worden. Dafür wuchsen die Schülerzahlen in den Klassen sprunghaft an. Hinzu kam, besonders erschwerend, ein Bürokratiemoloch, der nicht nur die Freizeit auffraß, sondern der nur noch verschwindend geringe Zeit für Vorbereitungen ließ.

Für einen Moment hielt Harry inne. Dann stöhnte er auf: Wäre ich bloß auf den Wunsch meiner Frau eingegangen. Alles wäre gut gewesen! Alles wäre ganz anders gekommen.

Mit einem Male legte er seinen Kopf auf die Tischplatte.

Oh Gott, fing er an zu jammern und trommelte mit beiden Fäusten auf den Tisch, warum nur bin ich solch ein Idiot gewesen, solch ein erbärmlicher, eingebildeter Dummkopf!

Erschrocken war Jule aufgesprungen, hatte sich neben Harry gehockt und ihm sacht über den Rücken gestreichelt.

Nicht doch, versuchte sie zu trösten, das liegt schon so lange zurück.

Harry richtete sich auf. Mit dem Unterarm wischte er sich die Tränen aus dem Gesicht.

Entschuldigung, sagte er, tut mir leid.

Nein, du musst dich nicht entschuldigen.

Dann fügte sie leise hinzu, wobei sie ihn um die Schulter fasste und sacht drückte: Ich glaube, es ist gut so. Es wird Zeit, dass du all das loswirst. Höchste Zeit!

Augenblicklich wurde Jule bewusst, dass sie zum ersten Male, seit sie Harry kannte, ihn aufgefordert hatte, sein Geheimnis vollständig preiszugeben. Dabei empfand sie nicht einmal Bedauern. Im Gegenteil! Vielmehr verspürte sie ein Gefühl der Erleichterung. Denn wenn sie Harry helfen konnte, dass er wieder zu sich selbst fände, dann musste sie ihn dazu auffordern, den letzten bitteren Schritt zu gehen. Dann musste er sich alles von der Seele reden. So schmerzhaft es auch sein würde.

Der Regen hatte inzwischen aufgehört.

Komm, lass uns nach draußen gehen, schlug sie vor, beim Gehen spricht es sich leichter.

Wortlos verließen sie Balkon, Zimmer und Haus.

Auf den Pflastersteinen des Weges im Park reflektierten die Sonnenstrahlen, die sich gelegentlich durch die Wolkendecke stahlen, ihr gleißendes Licht.

Stumm schritten die beiden eine ganze Weile nebeneinander einher.

Harry räusperte sich. Kannst du dich entsinnen, dass ich dich bei unserer ersten Begegnung fragte, ob du an die Existenz eines Gottes glaubst?

Jule brauchte nicht nachzudenken. Ja, natürlich kann ich mich daran erinnern. Und auch an deinen Zusatz, dass du hoffst, dass es ihn gäbe. Weil, wie du sagtest, sonst alles umsonst sei.

Du hast ein wirklich bemerkenswertes Gedächtnis. Bist eben eine perfekte Journalistin.

Bei diesen Worten musste Jule kurz auflachen. Was sie freute war, dass sie in seinem Gesicht, wenngleich etwas verkrampft, ebenfalls ein Lächeln zu entdecken glaubte.

Erneut folgte eine längere Pause des Schweigens.

Tatsächlich war ich drauf und dran, meinen Beruf zu schmeißen. Mir fehlten die ursprüngliche Lust, die Freude, die Motivation schlechthin. Wäre ich damals bloß über meinen Schatten gesprungen!

Da ich das nicht tat, zu lange zögerte, holte mich das Schicksal, das Strafgericht ein. Zu Beginn des Schuljahres 2007, es war genau am Donnerstag, dem 13. September, wurde ich ohne Angabe von Gründen zum Schulrat bestellt. Er machte es kurz und bündig: Mit sofortiger Wirkung sind Sie gekündigt. Vor ihm lag ein bedrucktes Blatt Papier, auf dem meine Unterschrift aus dem Jahre 1989 stand.

Wie ich auf die Straße gelangte, weiß ich nicht mehr. Überhaupt kann ich mich nur noch daran erinnern, dass ich mich nachts in die Wohnung schlich.

Wie es sich denken lässt, waren die Folgen verheerend, wenngleich ich zu retten versuchte, was nicht mehr zu retten war. Nachdem Gerlinde von meinem Verhältnis mit meiner ehemaligen Schülerin Marie und von meiner Unterschrift einschließlich meines Einverständnisses, die Familie ausspionieren zu wollen, erfahren hatte, gab es für sie nach diesem eklatanten Vertrauensbruch nur noch eine logische Konsequenz: Sie verlangte die sofortige Scheidung. Dabei besaß sie ausgesprochen gute Karten, so dass diese tatsächlich auch zügig ausgesprochen wurde.

Weshalb sie trotz aller Enttäuschung und Verletzung mir eine überaus großzügige Abfindung hinterließ, ist mir bis heute ein Rätsel.

Am Tag nach meinem Geständnis verließ ich unsere Wohnung und bezog vorläufig ein möbliertes Zimmer. Bis ich schließlich im vergangenen Jahr hier in Pirna in diesem Heim mein wohl letztes Domizil bezog.

Nun weißt du alles, kennst meine Geschichte um mein völlig verpfuschtes Leben. Dabei habe ich hier ein solch komfortables Leben nicht einmal verdient. Einschließlich der Bekanntschaft solch freundlicher Menschen wie dir und deiner Mutter. Wobei ich es euch nicht einmal verübeln könnte, wenn es das gewesen wäre, nachdem ihr die wahren Gründe für meinen Aufenthalt hier kennt. Glaub mir, nicht nur einmal ist mir der Gedanke gekommen, dass es besser wäre, wenn es mich nicht mehr gäbe auf dieser Welt. Aber selbst dazu bin ich zu feige, besitze nicht den Mut meiner Mutter.

Als hätte Jule die letzten Sätze überhört, wollte sie von ihm wissen, ob er wenigstens ansatzweise seine Ehe zu retten versucht hätte: Wenn deine Frau nur Zorn und Abscheu dir gegenüber empfunden hat – glaubst du im Ernst, dass sie dich dann nicht vollkommen mittellos im Regen hätte stehen lassen?

Harry fuhr auf. Ja, genau das ist es doch, was mich nicht schlafen lässt. In meinem Selbstmitleid, in meinem tiefen, ehrlichen Schuldeingeständnis war es mir unmöglich anzunehmen, dass meine Frau mir jemals verzeihen könnte. Ich hatte so tiefe Schuld auf mich geladen, und dafür wollte ich dieses verdiente Leiden auf mich nehmen.

Jule nickte nachdenklich. Sie verstand. Daher also die leere Wohnung, die an eine Gefängniszelle im Mittelalter erinnern sollte. Eine Selbstkasteiung schlimmster Art.

Und was hat das mit deiner Hoffnung zu tun, dass es Gott geben möge?

Zum zweiten Mal lächelte Harry: Wenn es ihn gibt, dann anerkennt er hoffentlich meine Bußbereitschaft und lässt mich nicht ewiglich in der Hölle schmoren. Selbst wenn ich es durchaus verdient hätte.

Und wenn es ihn nicht gibt?

Dann wäre das alles umsonst, antwortete er und fügte hinzu, oder aber auch nicht. Denn auf jeden Fall käme ich dann zwar trotzdem nicht mit meinem Gewissen ins Reine; wenigstens hätte ich es mit einer ehrlichen Läuterung versucht.

Es gibt also keinen Weg mehr zurück zu deiner Frau?

Nein. Absolut nicht.

Die feste Überzeugung von dieser Tatsache war aus seinen Worten herauszuhören.

Und dein Sohn, was ist mit dem?

Michael hat seit der Scheidung nichts mehr von sich hören lassen. Ich nehme an, dass er noch immer in München wohnt. Wahrscheinlich ist er inzwischen verheiratet. Zuletzt, als ich noch Kontakt zu ihm hatte, hatte er eine feste Freundin. Vielleicht hat er auch schon Kinder. Ach Jule, du weißt gar nicht, wie weh das alles tut! Aber das hab ich mir alleine zuzuschreiben.

Nein!, widersprach sie. Meinst du nicht, dass es an der Zeit ist, dein Selbstmitleid hinter dir zu lassen? Gut, das mit deiner Frau wird vermutlich nichts mehr. Aber ist es nicht nunmehr deine

Pflicht, dass du dich um den Kontakt zu deinem Sohn kümmerst? Ja, vielleicht ist er verheiratet und vielleicht bist du längst Großvater. Glaubst du nicht, dass dein Sohn dir verzeihen könnte? Womöglich wartet er auf ein Zeichen von dir. Schließlich hast du keinen wirklichen Schaden mit deiner Unterschrift angerichtet. Schwach, ja dumm bist du gewesen. Die Sache mit Marie hat schließlich ihre Ursachen gehabt. Und deine Unterschrift – ich würde das eine übelste Form von Erpressung nennen.

Bei diesen Worten schossen Harry die Tränen in die Augen. Er fiel Jule um den Hals, krallte sich an ihr fest und weinte hemmungslos, wobei er immer und immer wieder: Danke! Danke! aus sich herauspresste.

Als er sich wieder gefangen hatte, steuerten sie auf eine Parkbank zu. Mit ihrem Taschentuch wischte sie die restlichen Regentropfen weg. Sie setzten sich und sogen die angenehm erdige Luft ein, die sich nach dem Regen über den Garten ausgebreitet hatte. Derweil nahm in gleichem Maße die Wärme der Sonnenstrahlen zu. Nun erst drang auch die Vielstimmigkeit der Vogellaute an ihre Ohren.

Was hältst du davon, meinte Jule, wobei sie nach seinen Händen griff, wenn ich mich mit Michael in Verbindung setze? Als gute Journalistin, für die du mich hältst, müsste ich in der Lage sein, nicht nur seine Anschrift herauszufinden, sondern auch die passenden Worte für ihn zu finden.

Nachdenklich zogen sich die Falten zwischen Harrys Augen zusammen. Ein unübersehbares Leuchten flackerte für einen Moment in seinen Augen auf.

Ach Jule, stammelte er, wenn du wüsstest, wie sehr ich mich danach sehne! Mein Leben wäre nicht völlig sinnlos gewesen. Und doch hab ich eine Scheißangst davor. Was, wenn du ihn ausfindig machst und er aber nichts von mir wissen will? Was ich ihm nicht einmal verübeln könnte. Nein, daran mag ich nicht denken. Vielleicht ist es sogar besser für mich, in der bloßen Hoffnung zu leben, er könnte mir verzeihen, als in der Gewissheit, dass er für immer mit mir gebrochen hat.

Während seiner letzten Worte blickte er Jule fest an.

Harry, du solltest nicht immer nur vom Schlimmsten ausgehen. Dein Sohn ist Fleisch und Blut von dir. Glaubst du wirklich, dass er derart selbstgerecht ist, anzunehmen, fehlerlos zu sein? Orientierte er sich seinerzeit nicht an seinem eigenen Verstand? Setzte er sich nicht – wie du! – gegen den Willen der Familie durch, als es um seinen Beruf ging? Ich meine eher, dass du nicht nur vielleicht nach ihm suchen solltest, sondern dass es deine Pflicht ist, das zu tun. Und bist du dir sicher, dass er nicht den ersten Schritt von dir erwartet?

Harry war zu keiner Antwort fähig, der Kloß in seinem Hals ließ nur ein heftiges Nicken zu.

Jule ließ noch immer nicht locker: Allerdings hätte ich da noch eine Bedingung – ab sofort werden wir beginnen, dein Zimmer im Heim wohnlich einzurichten. Denn stell dir vor, eines Tages steht tatsächlich dein Sohn mit Familie vor deiner Tür.

Nach einer Umarmung ließ Jule Harry mit seinen Gedanken allein. Als sie ging, ließ sie einen Mann zurück, dessen Herz wieder langsam zu schlagen begann.

Mein besonderer Dank für die Hilfe bei der Fertigstellung des Buches gilt Ursula Heuke, Roswitha Soechtig und Ines Weisheit.

Robert Tschöp

Geboren 1947 in Kurort Gohrisch bei Dresden.
1966 Abitur in Pirna
1966 – 1970 Studium Kunsterziehung/ Deutsch an der Pädagogischen Hochschule Erfurt.
1988 Ausreiseantrag und Entlassung aus dem Schuldienst.
Arbeit als Hilfsgärtner im Katholischen Ursulinenkloster Erfurt.
Seit 1989 wohnhaft in Wolfenbüttel.
Nach eineinhalbjähriger Referendarzeit in Braunschweig von 1991 – 2010
Realschullehrer in Wolfsburg.
Jetzt im Ruhestand.

Veröffentlichungen:
»Staatsaktion«, ein Werdegang in 15 Episoden, erschienen bei Edition D.B. Erfurt 2004

»Zwiegespräch aus Monologen«, Gedichte, erschienen bei Edition D.B. Erfurt 2005

»Der Fall Nathalie«, die tragische Geschichte einer jungen Frau, erschienen bei dorise-Verlag Erfurt 2015 (daraus Lesungen u.a. in Erfurt und zur Leipziger Buchmesse 2016 in Halle 4)

Bilderausstellungen (Aquarelle, Grafiken, Zeichnungen) in Wolfsburg, Wolfenbüttel, Schöppenstedt, Kurort Gohrisch